"En Grèce, l[...] le maître," fit Paul

"La femme lui doit obéissance," ajouta-t-il. "Si vous ne m'obéissez pas, vous en subirez les conséquences."

"Je n'ai pas l'intention de me plier aux usages démodés de votre pays!" déclara Tina.

"Nous ne sommes pas en Angleterre ici…Ne me provoquez plus, Tina. Je suis un homme violent. Vous aviez certainement deviné que je serais un mari jaloux?"

Une folle ardeur les embrasa tous les deux. "Mon Dieu, Tina, jamais une femme ne m'a envoûté à ce point! Jamais!"

Comme elle aimait ces yeux vifs, cette peau brune — et ce menton volontaire! Mais Paul était devenu son époux pour une seule raison : parce qu'elle ne lui avait pas cédé.

NOUVEAU!

Pour fêter le retour du printemps, la collection Harlequin Romantique se pare d'une nouvelle couverture . . . plus belle, plus tendre, plus romantique!

Ne manquez pas les six nouveaux titres de la collection Harlequin Romantique!

Seule sans lui

Anne Hampson

Harlequin Romantique

PARIS • MONTREAL • NEW YORK • TORONTO

Publié en avril 1983

©1982 Harlequin S.A. Traduit de *For Love of a Pagan,*
©1978 Harlequin Enterprises B.V. Tous droits réservés. Sauf pour des
citations dans une critique, il est interdit de reproduire ou
d'utiliser cet ouvrage sous quelque forme que ce soit, par des
moyens mécaniques, électroniques ou autres, connus
présentement ou qui seraient inventés à l'avenir, y compris la
xérographie, la photocopie et l'enregistrement, de même que
les systèmes d'informatique, sans la permission écrite de
l'éditeur, Editions Harlequin, 225 Duncan Mill Road, Don Mills,
Ontario, Canada M3B 3K9.

ISBN 0-373-41178-2

Dépôt légal 2e trimestre 1983
Bibliothèque nationale du Québec et Bibliothèque nationale
du Canada.

Imprimé au Canada — Printed in Canada

1

Il ne la connaissait que depuis trois semaines, mais déjà il la poursuivait de ses assiduités. Tina, pourtant, refusait énergiquement de lui céder sans ruiner pour autant les espoirs de l'entêté...

— Vous ne le regretterez pas, affirma-t-il un jour sur un ton léger. Vous aurez une villa au soleil, une voiture et un gros compte en banque.

Elle leva les yeux pour regarder ce Grec à la stature imposante et à l'accent un peu chantant qui avait attiré son attention dès leur première rencontre à l'ambassade, à Athènes.

La voix de Paul Christos l'arracha à ces souvenirs :

— Vous ne dites rien, Tina.

Il avait pris l'une de ses mains entre les siennes et elle ne put s'empêcher de frémir. Son cœur fit un petit bond dans sa poitrine.

— Avez-vous besoin de tant réfléchir avant de me répondre ?

Elle esquissa un sourire et secoua la tête.

— Pas du tout, répliqua-t-elle calmement. Votre proposition ne mérite même pas une seconde de réflexion.

Il parut amusé et nullement déconcerté par la réaction de Tina. Il en fallait davantage pour démonter Paul Cristos, armateur et producteur des meilleures olives de toute la Grèce. D'après l'oncle de Tina, il ne connaissait pas sa fortune. Il possédait un appartement plus que luxueux à Athènes et une maison fantastique en Crète.

Quel homme surprenant! songea Tina. Elle ne se lassait pas d'observer ses traits : sa bouche qui combinait une certaine sévérité avec une sensualité troublante, ses yeux à l'éclat dur et intense, ses cheveux très noirs et son front large. Elle éprouvait une curieuse attirance pour cet être au magnétisme indiscutable, irrésistible et un peu inquiétant. Tina ne s'expliquait pas très bien ses sentiments. Paul Christos l'intriguait fortement parce qu'il différait de tous les hommes qu'elle avait connus jusque-là. Sa richesse, par exemple, étonnait la jeune fille qui évoluait depuis plusieurs années dans le monde du travail pour gagner sa vie. Orpheline à cinq ans, elle avait été recueillie par un oncle et une tante qui dirigeaient actuellement un hôtel en Grèce.

Ils avaient quitté l'Angleterre depuis trois ans. Tina y était restée, tenant à conserver un emploi qui semblait lui offrir d'intéressantes possibilités de promotion. Hélas, l'entreprise avait fait faillite et Tina se trouvait maintenant au chômage. Son voyage à Athènes lui avait coûté ses dernières économies. Elle espérait bien obtenir sans trop de difficultés un nouveau poste dès son retour en Angleterre à la fin du mois.

Paul lui parlait, de sa voix mélodieuse aux accents étrangers. Laissant percer une pointe d'amusement, il lui demandait si elle était vieux jeu. Assise en face de lui à une petite table sur la terrasse de l'hôtel de son oncle, Tina le fixa de ses beaux yeux bleu-violet.

— J'ai des principes, déclara-t-elle.

— Vous y renoncerez, affirma-t-il d'un air convaincu.

— Pourquoi ? Les jeunes filles grecques ne se comportent pas autrement, répliqua-t-elle en prenant le verre de limonade glacée que le serveur lui avait apporté.

— Certes, elle se réservent pour un seul homme, mais ce n'est pas une question de principes.

— N'appréciez-vous pas leur conduite ?

Une lueur ironique apparut dans les yeux de Paul.

— Il ne s'agit pas de moralité, je vous le répète, mais de nécessité. Si une grecque désire se marier, elle doit éviter tout ce qui risque de la compromettre.

Il regarda Tina par-dessus son verre d'*ouzo* avec une expression moqueuse.

— Votre tante vous a sûrement expliqué qu'un rien peut priver une Grecque de tout espoir de se marier. Il suffit simplement de la surprendre en conversation avec un homme en tête à tête et elle n'a plus aucune chance.

Une légère indignation rosit les joues de Tina. Autant elle souhaitait rester pure pour son futur mari, autant elle méprisait ces conceptions orientales qui maintenaient les femmes dans une sorte d'esclavage.

— Je ne comprends pas les hommes tels que vous, Paul, annonça-t-elle, les sourcils froncés. Ils veulent absolument épouser une jeune fille, mais ils ont de nombreuses maîtresses avant de se marier.

— Après leur mariage aussi ! compléta-t-il en éclatant de rire.

Il reconnut volontiers la contradiction soulignée par Tina, et assura cependant que les Grecs n'étaient pas en peine pour la surmonter.

Tina ne répondit pas. Elle considérait distraitement la place au pied de l'hôtel. Des centaines de personnes s'y pressaient, courant en tous sens comme des fourmis. Aux carrefours, les policiers réglaient la circulation au moyen de coups de sifflets impérieux.

Paul l'interrogea de nouveau :

— Alors, acceptez-vous ma proposition ?

— Je ne renoncerai pas à mes principes, soutint-elle.

Sa détermination aurait dû le décider à abandonner le sujet. Elle contribua au contraire à renforcer son désir de vaincre les résistances de Tina. Bien que le connaissant peu, celle-ci devina qu'il arrivait toujours à ses fins avec les femmes. Il n'y avait d'ailleurs rien d'étonnant à cela. Il possédait tout ce dont une femme pouvait rêver : le charme, la beauté, la prestance, la fortune... et une sensualité débordante. Ses baisers, ses manières délicieuses et persuasives resteraient à jamais gravés dans la mémoire de Tina. Elle imaginait aisément les attraits d'une aventure avec un homme comme Paul Christos. Et pourtant, elle la refusait. Sa moralité l'emportait sur toutes les tentations. Elle ne concevait pas de liaison provisoire où brûleraient les feux d'une passion éphémère. L'homme auquel elle se donnerait l'aimerait et la respecterait. Oui, peut-être était-elle vieux jeu. Elle en éprouvait même une certaine fierté. On pouvait se moquer d'elle, ce ridicule-là la laissait insensible.

— Une beauté comme la vôtre, murmurait Paul, est un don qu'il ne faut pas garder pour vous. Cette beauté peut rendre un homme si heureux. Elle peut *me* rendre heureux !

Sa voix charmeuse berça Tina de ses intonations vibrantes, mais elle repoussa fermement cet argument :

— Si vraiment je suis belle, j'offrirai un jour ce présent à celui qui deviendra mon mari. A lui seul.

Elle sourit, satisfaite de défendre si bien son point de vue. Néanmoins, un sentiment de déception l'envahissait. Paul lui avait tenu compagnie depuis trois semaines, depuis le soir de leur rencontre à l'ambassade. Et maintenant, à cause de cette proposition qu'elle écartait, il allait lui échapper. Comment allait-elle meubler les quinze jours qu'elle devait encore passer en Grèce avant de repartir ?

— Certes, accordait-il, cette beauté appartiendra à votre mari, mais en attendant...

— Je vous ai répondu, Paul, coupa-t-elle. Vous perdez votre temps.

— Je ne perds jamais mon temps avec les femmes,

rétorqua-t-il vivement. Vous me plaisez, Tina, et vous ne m'échapperez pas.

— Voyons, Paul, je comprends bien que chaque nouvelle conquête flatte votre orgueil, mais vous vous montrez trop optimiste cette fois. A quel genre de femmes avez-vous donc eu affaire jusqu'à présent ? Je vous préviens, je suis différente.

Elle n'avait mis aucune hostilité dans ses propos et elle continuait à sourire.

— C'est fini entre vous et moi, je suppose ? poursuivit-elle sans aigreur. J'ai apprécié ces trois semaines que nous avons passées ensemble. Je m'ennuyais un peu avant de faire votre connaissance. Mon séjour ne se termine en principe que dans quinze jours. Peut-être retournerai-je en Angleterre plus tôt que prévu. Comme vous le savez, je dois chercher du travail.

Son regard erra de nouveau sur la place bordée de cafés. Des serveurs en vestes blanches se mouvaient entre les tables sous les arbres.

— Ne soyez pas ridicule, Tina, fit Paul sur un ton de reproche en la considérant avec l'expression sombre d'un père désapprouvant sa fille désobéissante. Le seul fait que vous soyez au chômage devrait vous inciter à accepter ma proposition.

— Le meilleur des prétextes ne me ferait pas accepter une proposition malhonnête, répliqua-t-elle. Lorsqu'une action me paraît condamnable, j'y renonce, un point c'est tout.

— Que vous êtes entêtée !

Il poussa un petit soupir d'exaspération.

— Que vais-je faire avec une femme comme vous ?

Elle ne put s'empêcher de rire.

— Oubliez-moi et cherchez-en une autre...

Désignant de la main la place qui s'étalait en-dessous d'eux, elle ajouta :

— Il y a des centaines de touristes à Athènes. Vous avez l'embarras du choix.

— C'est hélas vous que je désire, répondit calmement Paul. Il y a longtemps qu'une femme ne m'a pas attiré autant que vous.

— Simple caprice! Il vous faudra huit jours pour m'oublier... Non, même pas!

Il la contempla d'un air songeur.

— Et vous, parviendrez-vous à m'oublier en moins d'une semaine?

— Non, avoua-t-elle en secouant la tête. D'ailleurs je me souviendrai toujours de ces vacances et je vous en serai éternellement reconnaissante. Ces trois semaines ont été très bien remplies grâce à vous.

Ses paroles trahirent involontairement un léger regret. En fait, Tina prenait la vie avec philosophie. Le destin apportait des satisfactions ou des peines, puis il vous en privait ou vous en soulageait. Il fallait profiter du meilleur et supporter patiemment le pire. A quoi bon gaspiller son énergie en se révoltant inutilement?

— Oui, ces trois semaines ont été bien remplies, renchérit Paul. Et les semaines à venir le seront encore davantage.

— Comme vous semblez sûr de vous! s'exclama Tina, très amusée. Pourtant j'ai refusé votre proposition. Dans ces conditions, vous n'avez plus envie de perdre votre temps avec moi, j'en suis certaine.

Elle eut une pensée émerveillée pour les magnifiques sorties que Paul lui avait offertes. Dans sa luxueuse voiture, il l'avait conduite à Delphes. Ils y étaient même restés une nuit afin de permettre à Tina d'assister à un fantastique coucher de soleil sur les ruines. Puis il l'avait emmenée à Mycènes, à Corinthe, et plusieurs fois au cap Sounion où ils aimaient tous les deux se baigner. Le soir, toujours en compagnie de Paul, elle avait dîné dans les restaurants les plus élégants. Et un beau jour, celuici avait émis l'idée de se rendre en Crète avec Tina à bord de son yacht. A partir de ce moment-là, la jeune fille s'était méfiée et la proposition que venait de lui faire Paul ne l'avait guère surprise. Comme elle avait répondu non, ces belles vacances de rêve touchaient à leur fin. Elles les garderait toujours tendrement au fond de sa mémoire.

Paul suggéra soudain une promenade jusqu'à la place Omonia. Pour la première fois depuis qu'il connaissait Tina, il semblait à court d'arguments. Sentant qu'il proposait cette marche plutôt par obligation que par goût, elle refusa.

— Non, je préfère monter dans ma chambre et me reposer un peu.

— Comme vous voudrez.

Jamais la voix de Paul n'avait exprimé une telle indifférence. C'était si surprenant que Tina resta un instant pétrifiée. Puis des larmes perlèrent brusquement au bord de ses paupières et elle s'en voulut de cette réaction.

— Disons-nous adieu maintenant, le plus tôt sera le mieux, suggéra-t-elle le plus tranquillement possible.

Une autre surprise l'attendait. Paul la regarda droit dans les yeux. Il pinça les lèvres et ses traits revêtirent un aspect dur, intraitable. Tina retint son souffle. Heureusement pour elle, elle se trouvait en sécurité en pleine ville et non pas seule avec lui, comme par exemple à Delphes la semaine précédente. Ah, ce clair de lune ! Il l'avait prise dans ses bras et elle s'était laissé charmer quand il avait évoqué le passé prestigieux de ce site sacré.

— Il n'est pas question d'adieu entre nous. Vous dites des sottises, Tina. Quant à vos principes !...

Il eut un mouvement d'impatience.

— Vivez donc avec votre temps, Tina ! Ne croyez-vous pas à l'égalité de l'homme et de la femme ?

— Bien sûr que si ! Pourquoi la femme serait-elle un être inférieur ? Néanmoins, je n'abandonnerai pas mes convictions sous prétexte d'égalité. L'un n'a rien à voir avec l'autre. Mes opinions sont mon affaire personnelle. J'y resterai fidèle quelle que soit la force de la tentation.

— Si nous étions seuls, je me chargerais de vous prouver que vous ne pouvez pas résister à la tentation.

A ces mots, Tina s'empourpra d'une façon charmante. Comme elle était jolie ! Le soleil grec avait doré sa peau d'albâtre. Ses traits fins évoquaient la distinction et son front haut, l'intelligence. Tout était parfait : son nez petit et droit, ses lèvres pleines et rosées, ses grands yeux d'un magnifique et rare bleu-violet, bordés de longs cils épais. A la lumière du jour, sa chevelure d'or pâle devenait argentée. Sa silhouette élancée évoquait celle d'une nymphe. A chaque soirée où elle s'était rendue, Tina avait toujours été très entourée. Les hommes recherchaient sa compagnie, sa conversation, et se l'arrachaient pour danser. Mais jamais personne n'avait encore réussi à l'émouvoir profondément... Jamais personne, sauf ce Grec imposant et impressionnant.

Elle rompit le lourd silence qui était tombé entre eux.

— Veuillez m'excuser, Paul. Je vais rentrer.

— Je vous ai proposé une promenade.

— Je suis sûre que vous n'avez pas vraiment envie de marcher jusqu'à la place Omonia.

— Pourquoi ne m'accompagneriez-vous pas à mon appartement ? Pourquoi votre timidité vous empêcherait-elle tout à coup de revenir une troisième fois ?

Elle lui adressa un sourire entendu.

— Vous connaissez très bien la cause de ma timidité soudaine. Je n'ai aucune envie de prendre des risques avec vous.

— Vous avez peur, n'est-ce pas ? fit-il, le regard légèrement moqueur. Et vous essayez de me faire croire que vous résisteriez à la tentation !

— En effet, je me sens capable de résister. Mais ce serait différent chez vous car vous me tiendriez en votre pouvoir.

— Pensez-vous que j'userais de la force ?

Elle hocha la tête sans l'ombre d'une hésitation.

— J'en suis persuadée. Vous êtes grec, Paul, et les Grecs ont un tempérament passionné.

— Tous les hommes se montrent passionnés en certaines occasions.

— Eh bien, il n'y aura pas d'occasion pour vous... pas avec moi en tout cas.

— Nous verrons !

Il réfléchit un instant, puis ajouta :

— Je passerai vous chercher ce soir. Nous dînerons ensemble.

Tina acquiesça, non pas par peur de contrarier davantage cet être impérieux, mais parce qu'elle avait envie de sortir avec lui, tout simplement.

Ils dînèrent, dansèrent et firent ensuite une promenade en voiture. Paul s'arrêta dans un endroit désert loin de la ville et prit Tina dans ses bras. Ses baisers l'enivrèrent comme un vin capiteux. Ses caresses l'étourdirent plus sûrement qu'une brise marine, mais elle garda le contrôle de ses émotions. Elle voulait lui démontrer qu'il n'était pas irrésistible. Au bout d'un moment, il la relâcha en poussant un soupir agacé.

— Petit iceberg, murmura-t-il. Comme j'aimerais vous avoir à ma merci.

Tina ne put s'empêcher de lui faire remarquer qu'elle se trouvait justement à sa merci en cet instant. Il n'y avait même pas une maison en vue.

— Je n'ai pas peur, s'empressa-t-elle toutefois de préciser. Je suis certaine que vous ne tenez pas à me voir m'enfuir en courant.

— Il faudrait peut-être que je vous en laisse la possibilité, répliqua-t-il sur un ton neutre.

Il alluma la lumière dans le véhicule et étudia attentivement l'expression de Tina.

— Il me semble que j'essaye moins de vous séduire que vous de me provoquer, déclara-t-il.

— Je ne vous provoque pas, Paul !

— Pas sciemment, mais si vous pouviez vous voir en ce moment ! Vous êtes terriblement désirable. Vous êtes tellement belle. Votre corps est si doux, si docile...

Gênée, elle se détourna en murmurant :

— Il est tard. Voudriez-vous me ramener à l'hôtel ?

— Vous me faites bien confiance, nota-t-il d'une voix étrangement rauque. Je pourrais vous conduire où il me plaît et... profiter de la situation.

— Non, ce n'est guère votre genre, assura-t-elle tranquillement. Dans votre appartement, dans une chambre luxueuse, je me méfierais de vous. Mais ici, je ne crains rien. Ce serait laid et vous n'aimez pas la laideur, Paul.

Cette déclaration le laissa un instant bouche bée, puis il déclara :

— Vous me surprenez, Tina.

— Ramenez-moi à l'hôtel, demanda-t-elle de nouveau.

Tandis que la voiture reprenait la route, il marmonna :

— Je suis un imbécile. Je vous désire et pourtant, quelque chose me retient. Votre innocence, peut-être.

— Ou plutôt mes idées, corrigea-t-elle en se laissant confortablement aller contre le dossier de son siège. Peut-être n'êtes-vous pas dénué non plus de moralité ?

— Si tel est le cas, je ne m'en suis jamais encore aperçu ! lança-t-il avec un léger amusement.

— Vous avez connu beaucoup de femmes, n'est-ce pas ?

Elle lui donnait trente-cinq ou trente-six ans et, le fait qu'il soit toujours célibataire l'avait quelque peu étonnée. Son oncle et sa tante lui avaient alors expliqué que Paul ne souhaitait pas se marier, même pas dans le but d'avoir un héritier. Si par hasard on abordait avec lui ce sujet-là, il se plaisait à déclarer qu'il léguerait sa fortune à ses cousins. Une seule femme avait, paraît-il, réussi à

14

éveiller son intérêt, mais elle avait épousé un autre homme. Il s'agissait de Dora Vassilou. On racontait aussi que cette dernière était devenue veuve et vivait actuellement en Crète.

— J'ai connu plusieurs femmes, reconnut Paul en toute simplicité. Nous nous sommes rencontrés, puis quittés sans regrets, ni pour elles ni pour moi.

Tina ne comprit pas comment elles avaient pu éviter de tomber vraiment amoureuses de lui. Gardant cette réflexion pour elle, elle déclara :

— Et je pourrais être une femme de plus, une de plus à entrer dans votre vie pour en ressortir aussitôt.

Il ne répondit pas tout de suite. Méditatif, il assura lentement :

— Je crois que... vous seriez restée dans ma vie plus longtemps que les autres.

— Je vous remercie pour ce compliment !

Comme il éclatait de rire, le cœur de Tina se mit à battre plus vite. Lorsqu'il riait ainsi, il était beaucoup trop séduisant !

— Vous restez même insensible à mes compliments, constata-t-il gaiement.

— C'est faux. Je suis assez féminine pour les apprécier.

— Et honnête de surcroît ! Vous possédez donc toutes les qualités ! Je commence à me demander si je ne vais pas vous épouser pour obtenir ce que je veux.

Tina émit un rire un peu nerveux.

L'épouser... Accepterait-elle ? Ils étaient si différents. En Grèce, les femmes subissaient sans mot dire l'autorité des hommes. Elles ne sortaient pas du rôle qu'ils leur attribuaient. Elle glissa un coup d'œil à Paul. Dans la demi-obscurité, son profil ferme prenait un aspect presque redoutable. Le pli de sa bouche exprimait une sévère détermination. L'épouse de cet homme ne connaîtrait pas la liberté, ni l'indépendance. Il serait son maître.

S'efforçant d'adopter un ton humoristique, Tina s'exclama :

— Que vous êtes sûr de vous, Paul ! Qui vous dit que j'accepterais de me marier avec vous ?

— Mon instinct... Vous accepteriez, Tina...

Il se déporta sur la gauche pour doubler un cycliste et enchaîna :

— Je ne vous suis pas totalement indifférent, n'est-ce pas ?

Elle préféra ignorer la question et changer de sujet. Mais une fois seule dans sa chambre, la réponse se présenta d'elle-même à son esprit.

Elle savait en fait depuis longtemps que Paul Christos l'attirait. Aucune femme ne pouvait rester de marbre devant lui. Un petit soupir échappa à Tina. Elle traversa la pièce pour s'étudier dans le miroir : elle était ravissante dans sa robe longue couleur abricot qui se terminait par de petits volants de dentelle. Sa peau lisse et hâlée dévoilée par le décolleté aurait fait perdre la tête à n'importe quel homme, lui avait dit Paul en dansant avec elle.

Elle ouvrit la fermeture éclair et le soyeux vêtement tomba sur le sol. Si Paul l'avait vue en cet instant, songea-t-elle malgré elle...

L'épouser... Elle s'imaginait sans le vouloir qu'elle était l'épouse de Paul Christos. Avec toute son expérience, il ne devait rien ignorer des aspirations et des désirs des femmes. Elle rougit en pensant que cet homme la connaissait sans doute plus intimement qu'elle ne se connaissait elle-même et saurait comment la conduire au sommet de la volupté. Il était sans doute si habile que le mystère du plaisir ne devait pas subsister bien longtemps. Les joues de Tina se colorèrent encore davantage. Paul avait parlé de l'épouser et elle ne pouvait plus chasser cette idée de son esprit.

Il n'avait pourtant certainement pas émis une telle hypothèse sérieusement. Il souhaitait rester célibataire.

Pourquoi aurait-il soudain changé d'avis parce que Tina était entrée dans sa vie ?

Elle fit sa toilette, enfila une chemise de nuit et se glissa entre ses draps dont elle apprécia la fraîcheur après cette journée très chaude.

Le lendemain matin, le soleil entrant à flots par la fenêtre la réveilla. Il n'était que six heures mais, à voir la foule sur la place, on se serait cru à midi. Les Grecs commençaient tôt leur travail afin de se reposer par les hautes températures de l'après-midi. A quatre heures, les magasins et les bureaux ouvraient de nouveau.

En général, fatiguée après le déjeuner, Tina s'allongeait volontiers, mais pas très longtemps car Paul se proposait toujours pour l'emmener sur une jolie plage. Ils se baignaient dans l'eau azurée, puis dégustaient des boissons glacées sur une terrasse de café ombragée par des palmiers.

Après le petit déjeuner qu'elle avait l'habitude de prendre avec son oncle et sa tante, Tina attendit Paul dans le salon de l'hôtel. Il avait décidé de lui montrer Marathon, puis de retourner encore une fois avec elle au Cap Sounion. Tina se réjouissait de passer une journée en sa compagnie. Cependant, après leur conversation de la veille, la situation n'était plus aussi confortable. Déjà, le soir précédent, la jeune fille avait cru discerner à plusieurs reprises une certaine froideur chez Paul...

Il arriva juste à l'heure et enveloppa d'un regard franchement admiratif sa fine silhouette. Elle avait revêtu une robe verte qui lui allait particulièrement bien avec sa ceinture et son col blancs. Les sandales de Tina étaient blanches aussi et elle emportait un sac de plage en toile claire.

— Vous êtes splendide, lui chuchota-t-il en la prenant par le bras pour la mener jusqu'à sa voiture.

Jetant un coup d'œil derrière elle, elle aperçut sa tante à la fenêtre du salon. Celle-ci l'avait priée de se tenir sur ses gardes. Paul Christos, lui avait-elle expliqué, jouissait d'une terrible réputation. Il possédait un « charme dangereux et dévastateur », selon ses propres termes. « Amuse-toi bien mais ne va pas trop loin », avait-elle recommandé à sa nièce.

La voiture quitta Athènes et s'engagea sur la route de Marathon, à la sortie de la petite ville de Laurium. Elle traversa des étendues de vignes et dépassa d'antiques tombeaux où les archéologues avaient découvert des trésors qui figuraient à présent dans le musée de la capitale grecque.

Lorsqu'ils arrivèrent à Marathon, Paul évoqua la fameuse bataille du même nom. Elle l'écouta, fascinée, s'efforçant d'imaginer plus de dix mille Perses attendant sur la côte où ils avaient débarqué pour affronter six mille Athéniens.

— Finalement, les Perses ont décidé d'attaquer, expliquait Paul de sa voix si mélodieuse. Ils faillirent vaincre, mais tout le monde connaît l'issue de cette célèbre bataille. Les envahisseurs furent battus et nombre d'entre eux se noyèrent dans les marais en tentant de regagner leurs embarcations.

— De tous les pays, la Grèce possède l'histoire la plus passionnante, affirma Tina.

Son enthousiasme flatta Paul. Le voyant sourire, elle se sentit légère, insouciante, heureuse. Elle ne voulait pas penser au lendemain, surtout si ce lendemain devait être le jour de leurs adieux. Ce matin, le soleil brillait, la campagne était magnifique. De longues heures agréables s'étendaient encore devant eux.

Ils se désaltérèrent au village de Marathon. Un caroubier ombrageait leur table. Paul ne détachait plus ses yeux de Tina. Pesait-il le pour et le contre avant de la demander en mariage ? Elle ne parvenait toujours pas à y croire, même s'il éprouvait une très forte attirance pour elle.

Ils se promenèrent ensuite tranquillement. Paul tenait la main de Tina, l'enserrant de ses longs doigts puissants. Cette pression, le contact de cette peau brunie avec sa peau claire l'emplissait d'une joie inexprimable. Elle songeait malgré elle que jusqu'à présent elle avait mené une vie agréable, mais dénuée de cette intensité que seul l'amour peut apporter.

L'amour... Elle avait soigneusement évité d'analyser ses sentiments à l'égard du séduisant Grec qui marchait en ce moment auprès d'elle. Même en cet instant, elle s'efforçait de le rayer de ses pensées pour penser à ce qu'elle deviendrait à son retour en Angleterre. La situation risquait de se révéler difficile là-bas. Le travail se faisait rare. Toutefois, Tina se sentait suffisamment sûre d'elle et dynamique pour trouver assez rapidement un nouvel emploi.

— Vous êtes bien sombre, murmura Paul sur un ton caressant.

Comme elle gardait le silence, il se montra plus exigeant :

— Allons, dites-moi pourquoi une ride soucieuse barre ce joli front !

— Je réfléchissais à mon retour en Angleterre et aux difficultés que je rencontrerai pour trouver du travail, avoua-t-elle honnêtement.

Elle avait prévu le soupir excédé de Paul.

— Vous êtes une sotte, déclara-t-il sans façon. Je vous offre tout ce dont vous pouvez rêver et vous parlez de chercher du travail.

— Vous ne comprenez pas, expliqua-t-elle avec un sourire un peu triste. J'espère me marier un jour. Or je ne pourrai pas m'unir à un homme sans lui raconter ma vie et...

— Vous êtes vraiment sotte, répéta Paul, ne pouvant dissimuler son irritation. Cet homme-là n'aura pas besoin de tout savoir. Vous pouvez avoir une liaison maintenant sans en informer votre futur mari.

Elle secoua obstinément la tête.

— Vous me présentez les choses ainsi parce que c'est

votre intérêt. Vous espérez me convaincre de devenir votre... votre maîtresse. Si j'étais votre sœur, vous ne me tiendriez pas ce genre de discours.

Paul pinça les lèvres. Son visage arborait une expression dure, effrayante. Quel tempérament violent cachait-il sous ses airs aimables et charmeurs?

— Comme je n'ai pas de sœur, déclara-t-il d'une voix sèche après un petit silence, ce genre de raisonnement ne nous mènera à rien.

— Et si vous aviez une sœur? insista Tina.

Paul détourna son visage aux traits figés en un masque sévère pour regarder un homme monté sur un âne qui venait dans leur direction. Une femme le suivait à pied. Tina fronça les sourcils et baissa les yeux pour ne plus voir ce spectacle intolérable. Comment cet homme osait-il se laisser porter par son âne tandis que son épouse se traînait derrière lui, de toute évidence épuisée par la chaleur? Tina réagissait en Anglaise que ces pratiques choquaient. Jamais elle ne s'y habituerait. Et pourtant, elle y serait contrainte si elle avait accepté la proposition de Paul et encore plus si, par miracle, elle devenait sa femme. Mais... A quoi bon se tourmenter pour une situation qui ne se présenterait jamais? finit-elle par conclure.

— Si j'avais une sœur, elle resterait pure jusqu'à son mariage, déclara Paul, se décidant soudain à répondre à sa question. Mais nous parlions de vous, Tina, et de votre ridicule entêtement à vouloir vous réserver pour votre futur époux. Oubliez ces scrupules démodés et prenez ce que la vie vous offre. Je vous promets, ma chère, d'être pour vous le plus généreux des compagnons.

Il s'arrêta au bord de la route à l'ombre d'un olivier. Les rayons du soleil jetaient leur poudre d'or sur des myrtes voisins. Près du lit asséché d'une rivière se dressaient d'éblouissants lauriers-roses et, vers l'est, à perte de vue, s'étendaient de riches vignobles.

— Embrassez-moi, ordonna Paul, se tenant très droit et immense au-dessus de Tina.

Elle fut obligée de renverser un peu la tête en arrière pour rencontrer son regard, un regard sombre et impérieux.

Son cœur fit un bond dans sa poitrine, sa respiration s'accéléra. Paul lui ordonna de nouveau de l'embrasser et, docilement, elle se mit sur la pointe des pieds pour s'exécuter. Il referma brusquement ses bras sur elle avec une force irrésistible, l'attirant contre son vigoureux corps d'homme. Lorsqu'il pencha son visage fier vers le sien, elle entrouvrit les lèvres, attendant, désirant son baiser. Il fut doux tout d'abord, puis possessif, puis douloureusement passionné...

— Vous accepterez ma proposition, affirma-t-il ensuite sur un ton sans réplique. Je viendrai à bout de vos réticences absurdes !

Tina secoua encore la tête... mais pour la première fois, elle ne jurait plus de rien. Elle avait peur d'elle-même, et peur de Paul qui l'attirait invinciblement et dont elle découvrait l'absolue détermination. Et s'il réussissait à gagner la partie ?

2

Tina prit sa décision le lendemain matin. Elle devait écourter ses vacances et s'échapper alors qu'il en était encore temps. La nuit dernière, après un délicieux dîner et quelques danses, Paul avait déployé tout son pouvoir de persuasion pour vaincre ses résistances. Et il avait été, bien près de réussir. Dans le jardin où il avait entraîné Tina, l'étourdissant de caresses, osant plus qu'elle ne lui permettait, se montrant terriblement habile et rapide, il s'était presque rendu maître de la situation. Ses baisers avaient failli lui faire perdre la raison, allumant en elle le feu d'un désir dévorant, levant une tempête qui menaçait ses idées, ses principes. Sur le point de céder, elle avait trouvé, Dieu seul savait où, la force de le repousser et de s'enfuir, horriblement gênée, sans même avoir le courage de prononcer une parole d'adieu. Elle était partie en courant. Derrière elle, Paul avait éclaté de rire. Poursuivie jusque dans sa chambre par ce rire, Tina croyait encore l'entendre ce matin. Il s'agissait d'un rire de triomphe.

— Tu veux t'en aller ? s'étonna sa tante quand elle apprit au petit déjeuner les intentions de sa nièce. Pourquoi, ma chérie ?

Tina ne put s'empêcher de rougir. Sa tante était assez fine pour deviner tout ce qu'elle ne lui avouerait pas.

— A cause de Paul, déclara-t-elle. Il est temps de mettre un terme à nos relations.

— Je vois…

La tante de Tina fronça les sourcils.

— Je dois dire que je m'en doutais. Je connais sa réputation. Il s'imagine qu'il peut acheter toutes les femmes qu'il rencontre. Il n'est pas le seul d'ailleurs. La plupart des Grecs fortunés ont cette vanité.

Regardant vers la porte, elle se tut soudain.

— Voici ton oncle. Nous reparlerons de cette affaire plus tard.

— Pourquoi, tante Doris ? Je n'ai jamais eu de secret pour lui.

L'oncle de Tina prit place à la table. Cinquante-huit ans, les cheveux grisonnants et les yeux bleus, il arborait en permanence une expression joviale, mais savait se montrer très sérieux lorsque les circonstances l'exigeaient.

Sa femme termina un toast, puis les considéra tour à tour, Tina et lui.

— Tina veut nous quitter… aujourd'hui si possible, annonça-t-elle.

Il ouvrit de grands yeux et reposa le couteau qu'il venait de prendre.

— Tu veux nous quitter, mon petit ? Qu'avons-nous fait pour te donner envie de repartir plus tôt que prévu ?

Tina lui adressa un sourire affectueux et le rassura : ni lui ni sa femme n'étaient responsables de cette décision. Plus hésitante et rougissant légèrement, elle lui exposa la raison de ce retour précipité en Angleterre. Une vive contrariété se peignit sur le visage de son oncle.

— Il a osé te faire une telle proposition !

S'empourprant encore davantage, Tina la confirma d'un hochement de tête.

— Tu ne me l'avais pas dit ! s'exclama sa tante, laissant éclater sa colère. Il ne perd rien pour attendre !

Quand je le verrai, il saura ce que je pense de sa conduite. Aussi riche soit-il, il va m'entendre !

— Et tu as peur de ne pas pouvoir lui résister ?

— Oui, oncle Frank, j'ai très peur. Tante Doris m'avait prévenue, Paul est terriblement séduisant.

— Est-ce que tu l'aimes ?

— Pas à la folie ! répondit Tina, étonnée d'être capable d'adopter un ton humoristique. Je m'enfuis tant que c'est encore possible.

— Bravo, ma chérie, approuva son oncle. Cet homme n'est pas pour toi. Tu as des principes respectables. Il ne faut pas y renoncer à cause d'un Grec sans scrupules.

— Et s'il t'offrait le mariage...

Songeuse, la tante de Tina jouait distraitement avec le beurre au bord de son assiette.

— Est-ce que tu...

— Il ne veut pas se marier, coupa Tina. D'ailleurs, même s'il le désirait, je crois que je refuserais. Nous sommes trop différents. Il appartient à un monde complètement étranger au mien.

La jeune fille haussa les épaules et changea de sujet.

— Voudrais-tu appeler l'aéroport, oncle Frank, et demander s'il y a une place libre sur un vol aujourd'hui ?

— Je vais le faire si tu y tiens vraiment.

Le brave homme secoua la tête d'un air désolé.

— Mais tu n'es pas obligée de partir. Je peux sommer Paul de te laisser en paix.

— Il ne tiendrait pas compte de ton intervention, affirma Tina avec conviction. Paul a jeté son dévolu sur moi et il continuera de m'importuner aussi longtemps que je resterai en Grèce.

Sa tante lui donna raison. Elle se faisait du souci pour sa nièce. Celle-ci la connaissait suffisamment pour le deviner à son expression. Il valait mieux partir, pour la tranquillité d'esprit de tout le monde. Tina déclara qu'elle était fermement décidée et ajouta :

— D'ailleurs, il faut que je me trouve du travail. Plus vite je m'en occuperai, mieux cela vaudra.

Tina obtint une place d'avion le matin même, et elle quitta l'hôtel, son oncle et sa tante bien avant l'heure où elle devait retrouver Paul. Le rendez-vous était déjà pris lorsqu'il avait entraîné Tina dans le jardin. Sa fuite inopinée ne lui avait pas permis de lui dire qu'elle ne souhaitait pas le revoir, mais il pouvait s'en douter. Toutefois, Tina était certaine qu'il se présenterait à l'hôtel au moment convenu. En se séparant de son oncle et de sa tante à l'aéroport, elle regarda sa montre. Que pensait Paul en cet instant ? se demanda-t-elle. Il venait sans doute d'apprendre par l'employé de la réception qu'elle avait décidé de retourner en Angleterre.

— Au revoir, ma chérie. Rentre bien.

Après de tendres effusions, Tina se retrouva seule. Une soudaine tristesse l'accabla et elle regretta d'avoir accepté cette invitation en Grèce.

Durant le vol, elle ne parvint pas une seconde à oublier Paul. Son visage aux traits vigoureux la hantait, elle ne cessait de soupirer. Pourrait-elle un jour se souvenir de cet homme sans émotion ni regrets ? Dans sa situation, bien des jeunes filles auraient renoncé à leurs principes. La proposition de Paul était si tentante...

A son arrivée, Tina trouva son appartement bien morne et froid. Elle resta un moment dans l'entrée, à regarder autour d'elle d'un air perdu, ses deux valises à ses pieds. Elle frissonna. Inévitablement, ses pensées retournèrent à Athènes. Là-bas, le soleil brillait, irradiant l'Acropole et le luxueux hôtel de sa tante et de son oncle. Elle songea à Paul. Il devait être furieux à cette heure et lui en vouloir terriblement. Sans doute considérait-il que s'il avait eu l'occasion de la voir avant son départ, il l'aurait persuadée de rester.

Pour trouver du travail, Tina rencontra encore plus de

difficultés qu'elle ne l'avait prévu. Elle passait toutes ses journées au bureau de placement, lisait les journaux et se présentait même spontanément dans des magasins et des bureaux. Après de multiples démarches infructueuses, elle finit par se résigner à chercher une place d'employée de maison. L'allocation chômage que lui versait l'Etat était vraiment trop maigre pour qu'elle pût continuer à vivre ainsi.

Par une belle soirée d'été, l'une de ses amies vint dîner chez elle. Elles bavardèrent tranquillement, assises devant la fenêtre grande ouverte du salon.

Brune aux yeux noirs, Bernice venait à vingt-quatre ans de se fiancer à un ouvrier agricole. Son avenir ne se présentait pas sous les couleurs les plus roses. Elle allait habiter une toute petite maison à la campagne, loin des commerces les plus indispensables, et encore plus loin de la gare où elle devrait prendre le train pour se rendre en ville. Pourtant, Bernice suscitait l'envie de Tina car elle était très amoureuse. Elle ne tarissait pas de paroles enthousiastes pour évoquer son mariage, fixé au mois prochain, et pour raconter ses divers préparatifs. Tina avait accepté de lui servir de témoin. Bernice s'étonna aussi du retour prématuré de son amie. Après une brève hésitation, Tina se borna à lui dire :

— J'ai préféré ne pas trop tarder à me mettre à la recherche d'un travail.

— Les emplois se font de plus en plus rares, déclara la jeune fille.

— Je m'en suis aperçu, grommela Tina. On ne trouve plus que des places d'employée de maison. Les domestiques sont très recherchés. Je crois que les gens ne supportent plus ces tâches ingrates aujourd'hui. Qu'importe ! Je songe sérieusement à me rabattre sur une activité de ce genre.

Bernice arborait une moue désapprobatrice.

— C'est de la folie, Tina ! As-tu pensé qu'il faudrait

que tu loges chez tes employeurs ? Que deviendra ce joli appartement ?

Tina promena un regard circulaire dans la pièce et fit une fois de plus la constatation qui l'avait surprise à son retour. Cet endroit qui lui avait plu la laissait maintenant complètement indifférente.

— Si je dispose d'une chambre correcte, je ne verrai pas de mal à habiter chez mes employeurs.

— Tu aurais tort d'abandonner cet appartement, insista Bernice. Il pourra t'être utile.

— Je prends le risque.

— D'après ce que je sais, ces emplois sont extrêmement fatigants. Tu devras même travailler le soir, affirma encore Bernice, l'air désolé.

Tina hocha la tête en signe d'assentiment.

— Certains soirs, sans doute, mais j'aurai aussi du temps libre. Le statut des employés de maison n'est plus aussi désavantageux que par le passé.

A court d'arguments, Bernice se tut, mais elle était inquiète. Elle le fut plus encore quand, le jour de son mariage, elle apprit que Tina avait trouvé une place et commençait à vendre ses meubles.

— Tu fais une bêtise, Tina, lui reprocha-t-elle. Tu le regretteras.

La jeune fille l'écouta sans se défendre. Elle ne savait plus très bien si elle avait raison ou tort. Son oncle et sa tante lui avaient proposé de venir travailler dans leur hôtel. Dans une lettre, sa tante lui expliquait qu'il manquait toujours du personnel et qu'elle imaginait très bien sa nièce à la réception.

Tina se refusait toutefois à retourner en Grèce, et surtout à Athènes. N'était-ce pas voler au-devant des ennuis ? Paul ne tarderait pas à découvrir son retour et à lui rendre de nouveau l'existence impossible.

A peine une semaine après être entrée au service de Mme France-Cobet, Tina comprit qu'elle avait commis une grave erreur. Lors de leur prise de contact, cette femme s'était montrée charmante, elle avait promis à Tina un travail facile et des horaires souples.

Hélas, dès l'installation de la jeune fille, son employeur avait décrété qu'elle serait plus à l'aise dans une petite chambre sous les toits que dans le magnifique appartement qu'elle lui avait montré. Puis Tina s'aperçut qu'à part une femme de ménage venant le lundi et le jeudi, personne ne l'aidait dans cette immense maison.

Au bout de quinze jours, Tina exprima son mécontentement et exigea un emploi du temps défini.

— Vous êtes libre dès que vous avez terminé votre tâche, lui répondit évasivement Mme France-Cobet.

— Il y a trop à faire pour une seule personne, protesta Tina. Vous m'avez trompée. Vous m'avez aussi fait croire que j'occuperais un appartement...

— En effet, j'ai agi sur une impulsion, expliqua son employeur. Mon mari était furieux quand il a appris que je vous avais proposé l'une des chambres destinées à nos invités. Après tout, vous n'êtes qu'une employée.

Tina se rendit compte qu'elle n'arriverait à rien avec une personne d'aussi mauvaise foi. La seule solution consistait à trouver un autre emploi. Elle regretta de n'avoir pas écouté son amie. Si elle avait gardé son chez-soi, elle n'aurait pas hésité une seconde à quitter cette place.

Dans les jours qui suivirent, elle se mit à broyer du noir. Inévitablement, le souvenir de Paul vint la hanter. Si elle avait accepté sa proposition, elle vivrait actuellement dans une villa au soleil, elle disposerait d'une voiture et de beaucoup d'argent. Pas de corvées ingrates, mais de beaux vêtements, la compagnie du beau Grec... Elle chassa cette vision tentante. Elle ne voulait pas abandonner aujourd'hui les principes auxquels elle avait toujours tenu.

Elle s'imagina, aussi pure que sa robe blanche, le jour où elle épouserait un homme digne de son amour. Oui, ce bonheur futur méritait des sacrifices.

Mais où, quand et comment allait-elle rencontrer l'homme de sa vie ? Elle n'avait ni les moyens ni le temps de sortir. Soudain, elle désespéra de voir ses rêves se réaliser...

— Nous recevons vendredi, Tina, annonça son employeur, l'interrompant dans ses réflexions.

Elle releva la tête et considéra cette femme oisive dans son élégant négligé, un pékinois capricieux à ses pieds.

— Nous serons huit et...

— C'est trop pour une personne, coupa Tina, prête à donner sa démission bien qu'elle ne sût où aller. Je crois que je vais m'en aller, Mme France-Cobet.

— Vous en aller ?

Elle ouvrit de grands yeux, puis, se reprenant, elle déclara sur un ton sec.

— Les gens ne veulent décidément plus travailler de nos jours. Ils ne pensent qu'à leurs gages et à leurs congés !

— Si vous engagiez une femme de ménage ? suggéra Tina.

Son employeur affirma d'un air offensé qu'il y en avait déjà une.

— Deux fois par semaine, souligna la jeune fille. C'est insuffisant. Je me demande comment vous faisiez avant mon arrivée. Il y avait sûrement deux personnes pour s'occuper d'une aussi grande demeure.

Mme France-Cobet rougit légèrement et Tina, se renseignant un peu plus tard auprès de la femme de ménage, apprit que les deux dernières employées avaient donné leur démission ensemble.

Le lendemain après-midi, tandis que Tina nettoyait la boîte à lettres en cuivre, une voiture passa très vite près d'elle et alla s'immobiliser devant le perron de la maison. Mme France-Cobet l'avait entendue venir car elle se tenait déjà sur le seuil, son pékinois dans les bras.

Ayant terminé sa tâche, Tina revint vers la maison et

se prépara à traverser discrètement le hall. Une voix familière la cloua sur place. Cramoisie, serrant convulsivement contre elle son chiffon et son produit de nettoyage, elle s'écria :

— Vous !

Mme France-Cobet ne disait rien, mais son regard trahissait un vif intérêt. De toute évidence, la haute silhouette distinguée de Paul l'intriguait.

Tina le vit froncer les sourcils. Une petite flamme menaçante brûlait dans ses yeux. Sa mâchoire contractée n'annonçait rien de bon. Il lui parut encore plus impressionnant que lors de leurs rencontres en Grèce.

— Allez chercher vos affaires, ordonna-t-il d'une voix sèche.

Trop atterrée pour réagir, Tina le fixait sans bouger, blême...

— Cher monsieur, commença Mme France-Cobet sur un ton indigné, que signifie cette intrusion ? Mes employées ne sont pas autorisées à recevoir des visites masculines. Je vous prie de sortir.

Un silence de mort tomba dans le hall et, osant à peine respirer, Tina observa Paul qui arborait à présent une expression redoutable, terrifiante.

Il ne répondit pas à Mme France-Cobet mais, arrachant le chiffon et la bombe des mains de Tina, il les lança à ses pieds. Stupéfaite par ce geste, l'employeur de Tina ne parvint même pas à protester. Ses joues rouges trahissaient sa colère. Très impérieux, Paul lança :

— Allez chercher vos affaires, Tina. Je vous donne cinq minutes.

Retrouvant enfin l'usage de la parole, Mme France-Cobet s'exclama :

— Quel audace ! Je...

Comme le petit chien se débattait dans ses bras, elle le posa sur le sol. Se redressant ensuite, elle se prépara à affronter l'homme qui la dominait de sa haute stature et la considérait d'un air méprisant.

— Ma femme ne restera pas une seconde de plus dans cette maison, affirma-t-il avec un calme déconcertant.

— Votre...

Bouche bée, Mme France-Cobet étudia tour à tour Paul dans son complet impeccable et Tina, un peu pitoyable dans sa blouse en nylon, avec ses mains tachées par le produit de nettoyage et ses cheveux légèrement en désordre.

— Tina ! Faites ce que je vous ai dit ! lança Paul sur un ton sans réplique.

Tout en secouant la tête pour manifester son désaccord, elle commença à monter l'escalier. Elle ne voulait pas céder à Paul mais elle ne se sentait pas de taille à lutter. Et puis, il lui fournissait au moins un moyen de quitter cette demeure. Pourquoi l'avait-il appelée « ma femme » ?. C'était certes la meilleure façon de réduire Mme France-Cobet au silence.

Il fallut plus de cinq minutes à Tina pour faire un brin de toilette, se changer et rassembler tous ses effets personnels, dont les bibelots qu'elle avait éparpillés dans le but d'égayer un peu sa misérable chambre. Lorsqu'elle redescendit, Paul la guettait de sa voiture et Mme France-Cobet n'était pas en vue. Elle répugnait à partir sans la saluer mais déjà, Paul quittait son véhicule. N'osant pas abuser de sa patience, elle sortit de la maison. Il vint à sa rencontre pour la décharger de sa valise.

— Montez ! lança-t-il en refermant le coffre.

Il atteignit la portière avant elle et la lui ouvrit. Tandis qu'il l'aidait à s'installer sur le siège, elle se rappela combien elle avait déjà apprécié ses bonnes manières et sa galanterie. Les jeunes Anglais ne savaient plus se conduire avec tant de délicatesse. Et pourtant les femmes étaient toujours aussi sensibles à ces petits gestes de courtoisie.

Tina n'avait pas prononcé un mot depuis son exclamation incrédule lorsqu'elle avait découvert Paul dans le hall. Elle fixa durant quelques secondes son profil quand il s'assit à côté d'elle puis déclara d'une voix tranquille mais ferme :

— Je vous remercie de m'avoir permis de quitter cette maison, Paul, mais je n'ai pas changé d'avis et...

— Taisez-vous, commanda-t-il.

— Je ne comprends pas, murmura-t-elle, le cœur battant.

Songeait-il vraiment à l'épouser ?

Il démarra et la voiture reprit l'allée en sens inverse.

— Comment m'avez-vous retrouvée ? s'enquit-elle.

— Je me suis rendu à votre appartement... dont votre tante m'avait donné l'adresse...

— Ma tante ! Elle m'avait pourtant mise en garde contre vous. Pourquoi vous a-t-elle donné mon adresse ?

— Si vous m'écoutiez sans m'interrompre, il ne me faudrait pas longtemps pour tout vous expliquer.

Les intonations sévères de Paul l'impressionnèrent et elle se surprit à murmurer :

— Je vous demande pardon.

Il déclara de sa belle voix grave et mélodieuse :

— Je veux vous épouser, Tina, voilà ce que j'avais de plus important à vous dire. J'ai informé votre oncle et votre tante de mes intentions. D'abord réticente, votre tante a fini par admettre que c'était à vous de prendre une décision. En arrivant à l'adresse qu'elle m'a indiquée, j'ai trouvé une jeune femme inconnue et j'ai appris que vous étiez partie. Heureusement, cette personne a su m'envoyer chez votre amie Bernice. Celle-ci se fait beaucoup de soucis pour vous...

Paul se tut brusquement et, lui jetant un regard à la dérobée, Tina vit combien il était contrarié de l'avoir trouvée à ce poste d'employée de maison.

— Bernice m'a dit immédiatement où vous étiez, ajouta Paul. En outre, elle se réjouit de vous servir de témoin pour le mariage.

Une pointe d'humour se glissa dans les dernières paroles de Paul. Tina se sentait perdue.

— Vous... vous désirez réellement m'épouser?

— N'avez-vous pas encore compris?

Elle ne répondit pas. Assise avec une certaine raideur sur son siège, elle réfléchissait. Seul le désir, songeait-elle, avait décidé Paul à l'épouser. Le désir... simplement. En revanche, si elle acceptait, elle était sûre de tomber très amoureuse de lui en moins d'une semaine. Pourrait-elle être heureuse, sachant que lui ne l'aimait pas? Il se montrerait certainement très bon pour elle, mais à condition de régner en maître sur son existence. L'homme faisait la loi en Grèce.

Que de problèmes! Elle fronça les sourcils et rompit brusquement le silence qui s'était glissé entre eux.

— Vous semblez persuadé que je suis d'accord, Paul.

Elle s'aperçut soudain qu'elle ne l'avait même pas questionné sur l'endroit où il l'emmenait. Tout au soulagement de quitter la maison de Mme France-Cobet, elle ne s'était pas une seconde souciée de leur destination.

Prenant un virage dangereux avec une grande assurance, Paul déclara:

— J'en suis absolument persuadé.

— Où me conduisez-vous? lança-t-elle en étudiant le paysage pour essayer de se repérer.

— Je vous conduis dans une charmante petite auberge du Dorset. C'est là que nous allons passer notre lune de miel.

— Mais je ne vous ai pas donné mon consentement!

Outre la protestation, la voix de Tina exprimait l'angoisse et la prière. Paul fut touché par ses accents pathétiques.

— N'ayez pas peur, Tina, fit-il avec douceur. Vous n'avez pas le choix, c'est tout. Vous avez écrit à votre amie Bernice pour lui raconter dans quel piège vous étiez tombée. J'étais sûr que vous ne demanderiez pas mieux que d'en être sauvée grâce à moi. J'ai tous les atouts en main et je compte m'en servir. Je vous veux, Tina, et vous n'avez rien à craindre. Je serai un bon mari...

— Mais vous ne m'aimez pas ! s'écria-t-elle sur un ton désespéré.

— Pour être franc, je vous avouerai que ce n'est pas l'amour qui m'incite à vous épouser.

Il hésita un instant et son profil se durcit.

— Peut-être suis-je incapable d'éprouver de l'amour, je n'en sais rien.

Il se perdit soudain dans ses pensées et Tina sentit qu'il était parti très loin d'elle. Se souvenait-il de la femme dont il était épris jadis ? Elle était veuve à présent et vivait en Crète. Là où Tina résiderait si elle acceptait d'être la femme de Paul.

— De toute façon, reprit tout à coup celui-ci, l'amour n'a pas tant d'importance. D'après ce que je constate autour de moi, c'est un lien souvent fragile et éphémère. Le respect est un sentiment beaucoup plus solide et je vous respecte Tina pour la force avec laquelle vous défendez vos principes.

Tina ne sut que répondre et elle s'enquit seulement après un long silence :

— L'auberge est-elle très loin ?

— Nous avons encore un peu plus d'une heure de route, déclara Paul.

— C'est un endroit très chic, je suppose ?

— Certes, mais vous n'aurez pas besoin de vous habiller comme une princesse.

Jetant un coup d'œil à sa montre, Paul ajouta :

— D'ailleurs nous avons le temps de nous arrêter à Dorchester pour compléter votre garde-robe.

— Je n'ai pas dit que j'acceptais de vous épouser, glissa Tina. Je ne veux pas que vous m'achetiez des vêtements. Je mettrai les robes du soir que je portais en Grèce.

— J'ai envie de vous offrir une toilette sortant de l'ordinaire, insista Paul. Et puis, il faut aussi que je vous achète une bague provisoire en attendant celle que je vous ferai faire en Grèce.

— Vous avez tout prévu, murmura-t-elle avec une pointe d'irritation.

— Bien sûr. Je tiens à ce que vous deveniez Mme Paul Christas, Tina. Il m'est arrivé une seule fois dans le passé de demander une femme en mariage. Quand elle a épousé un autre homme, je me suis juré de ne plus jamais faire cette proposition à personne. J'ai connu beaucoup de femmes depuis cette mésaventure, mais aucune ne m'a attiré comme vous. Vous possédez toutes les qualités que je désire chez la compagne de ma vie.

— Et si un jour vous retombiez amoureux ?

Tina ne pouvait s'empêcher de penser à celle que Paul avait aimée et qui était veuve à présent.

Il éclata de rire.

— Comme vous êtes romantique ! Non, je suis sûr de ne plus jamais tomber amoureux. Je serai très heureux avec une ravissante épouse comme vous.

Paul ne cherchait pas à embellir la vérité, mais il s'exprimait au moins avec une sincérité indubitable. Les craintes de Tina restaient cependant entières. Paul ne connaissait pas plus qu'elle l'avenir. Comment pouvait-il être certain de ne pas s'éprendre d'une autre femme un jour futur ? Une union reposant uniquement sur le désir manquait de bases solides. Et pourtant, Tina avait déjà pris sa décision.

Ils atteignirent Dorchester avant la fermeture des magasins et la jeune fille ne tenta même pas de protester lorsque Paul l'entraîna dans une boutique de luxe. Il lui acheta une robe du soir bleu azur qui épousait étroitement les formes de son buste, puis s'évasait en une ample jupe ondulant gracieusement à chacun de ses pas. Très vite, il l'aida à choisir aussi des vêtements pour le jour. Ensuite, il voulut entrer dans une bijouterie et Tina refusa.

— Laissez-moi le temps de réfléchir.

— Ne croyez-vous pas qu'il est un peu tard pour réfléchir ?

En dépit de son ton légèrement humoristique, Paul arborait une expression tout à fait sérieuse.

— Epousez-moi, Tina. Je vous promets que vous ne le regretterez pas.

Elle garda le silence. Il lui semblait qu'elle vivait un rêve étrange. Les événements s'étaient précipités durant les dernières heures.

— Vous avez de la chance, les magasins vont fermer, déclara Paul. Comme nous ne pouvons pas acheter une bague en cinq minutes, nous reviendrons demain matin.

En le suivant jusqu'à la voiture, la jeune fille murmura :

— J'ai l'impression d'être Cendrillon.

Son air éperdu amena un sourire amusé et satisfait sur le visage de Paul.

— Comment pouviez-vous être aussi sûr que j'accepterais de vous épouser ? demanda-t-elle.

— J'obtiens toujours ce que je veux, affirma-t-il tranquillement.

— Vous auriez pu me faire la même proposition qu'à Athènes, j'aurais peut-être cédé. Je ne savais plus comment sortir du piège dans lequel je me trouvais chez Mme France-Cobet.

— Je vous connais assez maintenant, Tina, pour savoir que vous auriez refusé, même dans une situation mille fois plus désespérée. Et puis, j'ai besoin d'une épouse. En analysant ma situation ces derniers temps, je me suis aperçu qu'un homme comme moi se devait d'être « établi », dans tous les sens du terme. Je me réjouis d'avoir un jour un fils qui héritera de ma fortune. Je ne me contente plus comme avant de l'idée de tout léguer à mes neveux.

Tina rougit en entendant parler d'un fils. Elle songea toutefois aussitôt que des enfants contribueraient à renforcer les liens entre Paul et elle...

Celui-ci la considérait avec une nouvelle gravité et, quand il lui demanda une fois de plus de l'épouser, elle accepta. Il n'aurait pas toléré un refus et, de toute façon, elle ne songeait pas sérieusement à le repousser. Toutes ses craintes s'envolèrent soudain et elle murmura avec émotion :

— J'accepte, Paul. Et... et j'espère... j'espère pouvoir vous donner tout ce que vous attendez de moi.

Quand elle se risqua à regarder son futur mari, elle vit qu'il souriait.

— Je suis sûr que vous me donnerez tout ce que j'attends... et peut-être davantage.

Se doutait-il qu'elle commençait déjà à l'aimer ? Un peu plus tôt ou un peu plus tard, il ne manquerait pas de le découvrir. Elle ne se jugeait pas capable de lui cacher longtemps ses sentiments.

3

L'avion survolait Iraklion et, regardant par le hublot, Tina eut l'impression de rêver. Elle était mariée. Elle venait de vivre une heureuse lune de miel dans la petite auberge choisie par Paul. Il s'agissait d'un endroit inoubliable avec son atmosphère feutrée et son service impeccable. Paul et elle avaient dormi dans un lit à colonnes. Leur chambre aménagée d'une manière originale semblait sortir tout droit du Moyen Age. Paul s'était montré parfait, à la fois très tendre et passionné.

Très vite, Tina avait senti qu'elle atteignait la frontière où les sentiments encore contrôlés se transforment en amour irrésistible. A présent, elle avait largement pénétré dans ce domaine et elle éprouvait une adoration infinie pour son mari. Ses craintes pour le futur en étaient d'autant plus vives. Elle appréhendait de souffrir si soudain Paul tombait amoureux d'une autre femme.

Ils disposaient de la zone de première classe de l'avion pour eux seuls, et Paul lui chuchota à l'oreille :

— Ma femme est-elle heureuse ?

Elle se tourna vers lui et lui sourit tout en secouant la tête.

— Je ne sais plus où j'en suis. Les événements se sont succédé à une telle allure… J'ai du mal à me persuader de leur réalité.

— Eh bien reprenez-vous vite, ma chère ! Nous

allons atterrir chez nous, en Crète. Vous régnerez dans notre demeure comme une reine.

— Je n'ai pas l'habitude d'être servie, Paul. J'ai un peu peur à l'idée de diriger tous ces domestiques.

— Vous vous y accoutumerez, assura-t-il. Vous ferez rapidement la conquête de Stavros, le maître d'hôtel et de Thoula, sa femme. L'autre employée, Julia, est veuve depuis un an. Dorénavant, elle se consacrera entièrement à votre service et je vais engager une personne supplémentaire pour l'entretien de la maison. Quant à Marko, le chef de nos quatre jardiniers, il fait aussi office de chauffeur. J'espère, Tina, que vous aimerez la Crète autant que moi.

Elle hocha la tête. L'avion descendait à présent et le sol semblait se précipiter à sa rencontre.

— Mais vous aimez aussi Athènes, murmura-t-elle.

— Enormément. Tant mieux d'ailleurs, car mes affaires me contraignent à y passer beaucoup de temps.

— Serez-vous souvent absent? s'enquit Tina.

— Oui, hélas, ma chère. Mais vous pourrez m'accompagner dans mes déplacements et en profiter pour voir votre oncle et votre tante.

— Volontiers.

— Sont-ils heureux de notre mariage?

— Je le crois. Ils m'ont fait un immense plaisir en se déplaçant spécialement pour assister à la cérémonie.

— Vous étiez une mariée ravissante. Dans votre robe blanche, vous ressembliez plus à un ange qu'à une femme.

Tina rougit comme chaque fois que son mari lui adressait un compliment.

— Comment vais-je employer mes journées? lança-t-elle pour dissimuler sa confusion.

Une nouvelle vie, très différente de ce qu'elle avait connu, s'ouvrait devant elle. S'adapterait-elle à cette existence dans un pays étranger, parmi des domestiques qui ne parlaient pas sa langue, et avec un homme au comportement si particulier ? Il lui avait déjà fait comprendre qu'il était le maître et qu'elle devait se garder de s'opposer à lui.

— Vous aurez beaucoup à faire, lui expliqua-t-il. Vous veillerez sur la bonne marche de la maison, vous vous promènerez dans nos immenses jardins, et puis nous partirons à bord de notre yacht. J'ai l'intention de vous emmener visiter des îles.

L'avion toucha le sol et, après quelques secousses, il glissa sur la piste.

Une voiture conduite par Marko les attendait à l'aéroport. Tina dévisagea avec étonnement ce premier employé de la Villa Raffina. Il était blond avec la peau claire. Paul rit de la surprise de sa femme.

— La plupart des gens croient les Grecs bruns et hâlés, mais ils ne le sont pas tous. Il y a beaucoup de blonds en Crète et ils n'aiment pas le mélange de race.

Ils roulaient déjà depuis vingt minutes quand Tina se décida à demander :

— Sommes-nous encore loin ?

— Il faut traverser l'île, lui expliqua Paul. Aghia Triadha se trouve au sud, sur la rivière Yeropotamos. Comme je vous l'ai dit, la Villa Raffina donne sur la mer. Il n'y fait jamais trop chaud, même au cœur de l'été.

La voiture traversait une région de vignobles en terrasses et de plantations d'oliviers et de citronniers. Haut dans le ciel azuré, le soleil illuminait cette contrée riante.

Un âne portant des choux barra soudain la route ; Marko dut s'arrêter. La petite fille qui menait la bête arborait un sourire radieux et elle lança :

— *Yasou !*

Elle frappa ensuite l'âne de son bâton. Paul lui rendit son sourire et son salut en expliquant à Tina qu'elle leur avait dit bonjour.

— En fait, précisa-t-il, *yasou* ne s'emploie que dans l'après-midi.

— Que dit-on le matin ? demanda Tina avec intérêt.

— *Kalimera. Kalispera* signifie bonsoir et *kalinikta,* bonne nuit.

Un silence attentif suivit cette petite leçon de grec. Charmée par le paysage, Tina le contemplait par la vitre, s'imprégnant de sa beauté.

Une sorte d'abattement l'avait gagnée au moment de monter dans l'avion à Londres. Quoi de plus normal ? Sur une impulsion, elle avait accepté de passer sa vie auprès d'un homme qu'elle connaissait à peine. Mais à présent, son angoisse se dissipait pour se transformer en enthousiasme.

Elle contemplait les alentours, l'esprit en éveil, ne laissant échapper aucun détail. Elle observa les femmes assises devant leurs maisons dans les villages, les yeux perdus dans le lointain, les enfants qui gesticulaient sur leur passage pour attirer leur attention. Des poules se promenaient dans les rues. De grands campaniles d'une blancheur éblouissante se dressaient dans la lumière, et les feuilles argentées des oliviers réfléchissaient le soleil.

Au bout d'un long trajet, le véhicule s'engagea dans une magnifique allée bordée de palmiers. Il parcourut encore environ cinq cents mètres avant d'atteindre une demeure immaculée. Le luxe de la villa dépassait tout ce que Tina avait imaginé. Immense, flanquée de deux ailes à angle droit, elle trônait, majestueuse, aristocratique, parmi les fleurs exotiques. Des terrasses et des parterres multicolores jaillissaient les hibiscus, les jacarandas, les poinsettias, les lauriers-roses et encore bien d'autres merveilles de la nature. Les pelouses d'un beau vert s'étendaient comme des nappes de velours de part et d'autre de l'imposante entrée en marbre blanc. La porte s'ouvrit juste au moment où la voiture s'arrêtait dans l'avant-cour ornée d'une fontaine où l'eau gazouillait. Elle prenait toutes les couleurs de l'arc-en-ciel avant de tomber avec de joyeuses éclaboussures dans un bassin couvert de nénuphars.

— Oh... Paul... j'ai peur...

Il s'amusa de la réaction de Tina et, pour la rassurer, glissa son bras sous le sien. Il l'entraîna vers le perron, passant entre des colonnes où s'enroulaient des bougainvillées, puis entre deux gigantesques urnes en marbre d'où dégoulinaient de vigoureuses plantes.

Intimidée, Tina rêvait de pouvoir prendre ses jambes à son cou et de s'enfuir. Le contact de la main de Paul sur son bras lui redonna néanmoins du courage. Levant la tête, elle vit qu'il lui souriait et elle s'efforça de surmonter sa timidité.

Il lui présenta Stavros, un sombre Grec à la forte stature qui l'examina avec une insistance embarrassante.

— Où sont les femmes, Stavros ? s'enquit Paul.

A la sécheresse de sa voix, Tina comprit qu'elles auraient dû être là pour accueillir leur nouvelle maîtresse.

— Elles sont en train de se changer, répondit Stavros dans un anglais impeccable.

Les sourcils froncés, Paul déclara :

— Elles auraient dû le faire avant. Va les chercher ! Tout de suite !

— Oui, monsieur Paul.

Paul abandonna son ton impérieux pour expliquer tranquillement à Tina que ses domestiques étaient habitués à se servir des prénoms. Pour eux, Tina serait Mme Paul, ou Kyria Paul, et non pas Mme Christos.

Les servantes ne tardèrent pas apparaître, l'air affolé, murmurant des excuses.

Paul leur décocha un regard sévère mais s'abstint de tout commentaire. Il ne voulait sans doute pas les réprimander en présence de Tina. Celle-ci fit leur connaissance, reçut avec le sourire leurs paroles de bienvenue et découvrit la chambre qu'elle allait partager avec son mari. C'était une vaste pièce lumineuse. Une fenêtre occupait toute la largeur d'un mur et une baie vitrée donnait sur un balcon abondamment fleuri. D'un côté s'étendaient des collines, de l'autre la mer aux couleurs somptueuses. Le souffle coupé, Tina contempla tour à tour les deux panoramas.

Thoula venait de sortir de la chambre et, restée seule un moment, elle y goûta une paix appréciable. Elle admira les riches tentures blanches comme les tapis, les meubles en érable et le lit aux dimensions peu ordinaires, splendide avec sa courtepointe aux broderies savantes. Sans doute avait-il fait partie du trousseau d'un membre de la famille de Paul. Son père était décédé et sa mère vivait avec l'une de ses sœurs sur l'île de Patmos. Paul avait promis à Tina de l'emmener bientôt faire leur connaissance.

Il la rejoignit bientôt et elle se retourna, souriante. Il referma la porte, puis lui tendit les bras. Elle s'approcha, un peu timidement encore, mais il l'écrasa soudain contre lui et s'empara de ses lèvres avec la force possessive qu'elle connaissait déjà si bien. Immédiatement vaincue, Tina lui répondit avec l'ardeur de sa passion naissante. Tout son corps frémissait sous les caresses de Paul. Sa chaleur, sa virilité l'étourdissaient. Comme il était bon de se sentir si frêle, si fragile dans les bras de cet homme dominateur ! Elle vacilla et se serrant contre lui dans une attitude de total abandon. Paul rit doucement tout près de son oreille et lui avoua combien il était heureux de l'avoir épousée.

— Ce ne serait pas du tout pareil si nous n'étions pas mariés, avoua-t-il, la voix un peu rauque du désir qu'il s'efforçait de contenir. Je ne me contenterais pas d'une simple liaison, je veux vous avoir complètement à moi.

Il l'embrassa encore et ajouta :

— Je vous remercie de m'avoir résisté, mon adorable Tina !

Il s'écarta légèrement d'elle. Un feu brûlait dans ses

yeux et, à le contempler, Tina se sentit emportée par un torrent d'émotions. Son regard, ses lèvres entrouvertes lui lançaient un appel muet pour qu'il la reprît contre lui. A sa grande surprise, il ne revint pas vers elle. D'une voix douce, sensuelle, délicieusement prometteuse, il murmura :

— Non, pas maintenant. Attendons la nuit… ce sera la pleine lune.

Il se dirigea vers une porte que Tina n'avait pas remarquée. Elle donnait sur une autre pièce, une chambre aménagée pour un homme, comportant un lit d'une personne, un bureau placé devant la fenêtre et un fauteuil capitonné de damas vert. Un épais tapis couvrait le sol et le soleil doré de la fin d'après-midi y traçait de longs sillons lumineux. Une question vint automatiquement à l'esprit de Tina :

— Dormiez-vous ici ?

Il hocha la tête.

— Oui. J'espère que vous vous plairez dans cet appartement. Ce n'est pas moi qui ai fait les plans de la maison. Je l'ai achetée telle quelle. Maintenant que je suis marié, je vais entreprendre certaines modifications.

Il s'interrompit un instant et sourit.

— Nous aurons probablement besoin très bientôt d'une nursery.

— Pourvu que je ne vous déçoive pas ! lança Tina sur un ton un peu étrange.

En vérité, la perspective d'avoir un enfant ne l'enchantait guère pour le moment. Tout allait trop vite.

— Non, vous ne me décevrez pas, ma chère.

— Vous êtes bien optimiste.

— Je compte bien être père d'ici un an, figurez-vous !

Une tristesse mêlée d'irritation accabla Tina. Les paroles de Paul manquaient si cruellement de romantisme… Qu'était-elle pour lui au bout de quelques jours de mariage ? Il ne pensait déjà qu'à son futur héritier. Révoltée, elle lança avec raideur :

44

— Je suppose que les Grecs tiennent surtout à avoir des fils. Que se passera-t-il si je ne mets au monde que des filles ?

Paul haussa les épaules tout en fronçant les sourcils.

— Je serai déçu, mais je n'y pourrai rien.

— Vous n'ignorez pas que c'est l'homme qui détermine le sexe de l'enfant ?

— Ah, ah, vous avez donc étudié les sciences naturelles ! ironisa-t-il.

— Je veux être sûre que vous ne m'en voudrez pas si nous n'avons que des filles.

Paul, cette fois, eut l'air perplexe.

— Qu'y a-t-il, Tina ? Je vous trouve soudain bien sombre et agressive.

Comme elle ne répondait pas, il ajouta en feignant la sévérité :

— Les petites filles désagréables méritent la fessée. En cet instant, vous avez tout l'air d'une petite fille.

Il s'approcha, se dressant au-dessus d'elle, immense et fort.

— Souriez !

N'osant pas lui désobéir, elle esquissa un sourire incertain. La décontraction et la gaieté des minutes précédentes s'étaient éteintes. Un mécontentement incompréhensible l'envahissait. Pourquoi cette insatisfaction ? Paul avait pourtant le droit de souhaiter des enfants. Quelle curieuse réaction de sa part ! Il lui prit la main et l'attira vers lui pour l'embrasser.

— Vous êtes fatiguée, décréta-t-il ensuite en la repoussant gentiment. Voilà la raison de cette mauvaise humeur.

— Je ne suis pas de mauvaise humeur.

Elle se sentait soudain au bord des larmes. Paul n'avait probablement pas tort, elle avait besoin de repos. Rien ne justifiait des larmes en cet instant, à moins que... Regrettait-elle d'avoir épousé un homme qui ne l'aimait pas ? Elle le savait pourtant depuis le début, il ne lui avait jamais caché. Mieux valait ne plus y penser et se réjouir de vivre dans une maison splendide, avec de nombreux serviteurs et un beau mari...

— Pardonnez-moi, fit-elle d'un air contrit. Je suis sans doute fatiguée.

— Alors reposez-vous.

Paul sortit et elle examina la chambre qu'il avait occupée avant son mariage. Il ne s'en servirait probablement plus maintenant. Revenant vers l'autre pièce, tellement plus spacieuse et plus coquettement aménagée, elle la contempla de nouveau un moment. Puis elle se rendit dans la salle de bains et ce luxe auquel elle n'était pas habituée l'éblouit. Un épais tapis entourait la baignoire circulaire. Les robinets, les accessoires, le cadre des miroirs étaient dorés. Un palmier planté dans un très grand pot se dressait dans un coin. Des fleurs aux couleurs gaies s'échappaient d'urnes en marbre, des sirènes dessinées d'une manière délicieuse ornaient les murs. De magnifiques serviettes aussi larges que des draps, des bouteilles et des flacons neufs attendaient Tina. Elle songea tout à coup que Paul avait dû faire ces préparatifs avant de se rendre en Angleterre. Il n'avait donc pas douté un seul instant de revenir avec elle...

Le dîner fut servi dans une salle au plafond très haut, meublée dans un style tout à fait moderne. On s'enfonçait dans la moquette moelleuse ; les murs étaient tendus de soie rose. Julia apportait les plats, Stavros et Thoula servaient leurs maîtres. Amusé par les manières craintives de Tina, Paul lui conseillait à mi-voix de se détendre. Lui-même se conduisait avec une aisance parfaite. Lorsqu'ils furent seuls, Tina déclara :

— Il me faudra du temps pour m'adapter à ce faste. J'ai l'impression de rêver.

Un charmant sourire éclaira son visage et elle ajouta :

— J'ai peur de me réveiller d'une minute à l'autre et de me retrouver dans la cuisine de Mme France-Cobet !

— Je préfère que vous ne me parliez plus jamais de cette femme, annonça un peu sèchement Paul. Vous n'auriez pas dû accepter un tel emploi.

— Je n'avais pas le choix.

— Eh bien nous l'oublierons, Tina.

Rougissante, elle détourna les yeux, et accueillit avec soulagement le retour de Stavros. Après avoir servi le dessert, il repartit. De nouveau seule avec son mari, Tina l'observa. Silencieux, il fixait le vin couleur de paille dans son verre. A quoi pensait-il ? Il semblait si absorbé, si lointain. Comme s'il avait perçu le brutal désarroi de Tina, il leva la tête.

— Pourrons-nous faire une promenade après le repas ? demanda-t-elle.

Il acquiesça aussitôt.

C'était un soir de pleine lune. Ils flânèrent dans les jardins parfumés autour de la villa. Une lumière argentée baignait le paysage, créant une atmosphère mystérieuse et romantique.

Paul prit la main de sa femme et murmura d'une voix tendre :

— Notre première nuit chez nous, ma chère épouse. Etes-vous aussi heureuse que moi ?

Elle s'arrêta et se plaça devant lui pour le regarder dans les yeux.

— Etes-vous vraiment heureux, Paul ?

— Quelle question !

Son rire enchanta Tina comme une musique car il semblait plein de tendresse.

— Je suis très heureux, bien sûr. J'ai tout ce qu'un homme peut désirer.

Tout… Une soudaine tristesse assombrit la jeune femme. Son mari n'avait donc pas besoin d'amour.

Avec un soupir, elle se serra contre lui, cherchant du réconfort dans la chaleur de son corps. Dans le silence, le cœur de Paul battait très fort. Tina contempla les silhouettes des oliviers, étranges sous l'éclairage lunaire.

Le silence parut encore plus profond et soudain, le braiment d'un âne le rompit. Puis les bruits se multiplièrent. Les cigales se mirent à chanter et Paul murmura à l'oreille de Tina :

— Rentrons, ma chérie.

La nuit était délicieusement parfumée. Illuminée par des projecteurs de couleur, la fontaine entretenait un doux chant cristallin. Tina serait volontiers restée là à écouter bruisser l'eau dans ce décor féérique, mais elle percevait l'impatience de son mari.

Il l'entraîna directement dans leur chambre. A peine la porte fermée, il l'attira dans ses bras et l'embrassa. Tina crut son cœur sur le point d'éclater tant il débordait d'amour. D'une voix vibrante, Paul lui chuchotait son désir. Ses lèvres se promenaient sur sa gorge puis, avec l'assurance d'un conquérant, il ouvrit les boutons de sa robe. L'habit tomba à terre et Tina l'enjamba. Paul dévora des yeux les charmantes courbes révélées par la combinaison transparente. Plus ardentes encore, ses mains s'emparèrent de nouveau de Tina et achevèrent de la dévêtir. Lorsqu'elle partagea entièrement sa passion, il la souleva et l'emporta jusqu'au lit. Les rideaux n'étant pas tirés, la pleine lune inondait la chambre de ses rayons magiques. Dans ce décor de rêve, Paul mena Tina au sommet de l'extase.

4

Au bout de six semaines de mariage, Paul décida de se rendre à Patmos avec Tina pour la présenter à sa mère.

— Elle n'est pas très contente que j'aie épousé une Anglaise, expliqua-t-il tout en déclarant fermement que ce choix ne concernait que lui.

Comme Tina manifestait son étonnement, il ajouta :

— Je ne connais pas exactement la raison des réticences de ma mère. Je crois qu'une Anglaise de ses amies l'a déçue, il y a bien longtemps. Elle en a gardé une antipathie pour le peuple britannique tout entier.

— Elle ne va pas m'accueillir à bras ouverts, murmura Tina avec appréhension.

— Nous verrons, répliqua Paul et il changea de sujet.

Avant de partir pour Patmos, il devait aller à Athènes où l'appelaient ses affaires. Tina avait décidé de l'accompagner afin de voir son oncle et sa tante.

Ils prirent un avion au petit matin. Tandis que Paul se trouvait à son bureau, la jeune femme déjeuna avec sa famille. Elle dut répondre à de nombreuses questions sur sa nouvelle vie. Elle les rassura, affirmant qu'elle était parfaitement heureuse. Elle avait décidé de garder secret le fait que son mari n'éprouvait pas d'amour pour elle.

— Eh bien, on dirait que Paul est devenu un tout

autre homme! s'exclama sa tante. Peut-être n'était-il pas entièrement responsable de sa réputation. Il faut reconnaître que les femmes se jetaient littéralement à son cou.

— Elles continuent sans doute, glissa l'oncle Frank. Son mariage ne décourage sûrement pas toutes ses admiratrices. D'ailleurs, la plupart ne sont même pas au courant de l'événement.

La même idée avait déjà effleuré Tina, mais elle accordait une confiance absolue à son mari.

— Nous aimerions vous inviter à la villa, annonça-t-elle. Je suppose que vous préférez attendre une saison moins touristique?

— Les touristes ne cessent d'affluer d'un bout de l'année à l'autre, lui raconta sa tante. Je crois que nous pourrons cependant nous libérer avant Noël.

— Parfait! lança Tina. Vous aurez une surprise en voyant la villa. C'est une splendeur.

— Tu es une jeune femme très gâtée, déclara son oncle avec un sourire. Nous étions loin de nous douter, lorsque nous t'avons proposé de venir en Grèce, que tu capturerais un millionnaire! Mais tu es assez belle pour capturer n'importe quel homme!

— Allons, mon oncle, s'écria-t-elle, ne me fais pas rougir!

Après le repas, Tina effectua quelques achats, puis elle monta sur l'Acropole. Elle devait retrouver Paul vers six heures dans leur appartement. Son mari lui avait donné une clé car c'était le jour de congé des domestiques.

Elle venait de s'installer dans le salon, quand le bruit de la sonnette déchira le silence. Etonnée, elle alla ouvrir et découvrit une fort jolie personne, une Grecque sans doute, qui, après un petit mouvement de surprise, l'examina d'une façon insolente des pieds à la tête.

— Qui êtes-vous?

Sans laisser à Tina le temps de répondre, elle enchaîna :

— Paul est-il là ?

Ses yeux fouillaient l'appartement derrière la jeune femme dans l'espoir de l'y apercevoir.

— Non, il n'est pas là, déclara Tina.

Elle étudia la subtile beauté de l'arrivante, la régularité de ses traits, la profondeur mystérieuse de son regard, le teint délicat de sa peau parfaite. Elle lui donna vingt-sept ou vingt-huit ans. Qui était-elle ? Que venait-elle faire ici ?

— Qui êtes-vous ? répéta la Grecque en examinant pour la seconde fois Tina avec une insistance déplacée.

— Je suis la femme de Paul, annonça-t-elle tranquillement. Et vous ?

— Sa femme !

La voix de la Grecque avait soudain pris des accents suraigus.

— Sa *femme !*

Tina commençait à s'impatienter.

— Oui, sa femme. Et maintenant, si vous permettez...

Elle n'alla pas plus loin car l'arrivante pénétra d'autorité dans l'appartement et lança d'une voix vibrante de colère :

— Alors il s'est marié ! Il m'avait menacé de le faire. Je ne sais pas pourquoi il a choisi une Anglaise, mais autant que je vous prévienne tout de suite. Il vous a épousée pour se venger de moi.

Soudain glacée, Tina porta une main tremblante à sa gorge. Elle s'entendit murmurer :

— Qui êtes-vous ?

— Je suis...

L'arrivée de Paul l'interrompit.

— Dora... que faites-vous ici ?

— Je suis venue vous voir.

Elle tendit la main vers Tina et, sur un ton moins assuré, elle jouta :

— J'ai fait la connaissance de votre... de votre femme...

Tina épiait attentivement l'expression de Paul. Le nom de Dora résonnait douloureusement à ses oreilles. Pourtant, Dora Vassilou ne demeurait pas à Athènes, mais en Crète...

Paul se mordillait nerveusement les lèvres. Il reprit enfin la parole.

— Tina, je vous présente Dora Vassilou, une vieille amie.

Un silence pesant tomba sur ces paroles. D'un geste, Paul invita finalement les deux femmes à le suivre au salon.

— Je suis pour quelques jours à Athènes, expliqua Dora. Je suis passée voir si par hasard vous étiez là.

Elle se tenait debout devant la fenêtre, les yeux fixés sur Paul.

— Vous ne m'avez pas parlé de vos projets de mariage lors de notre dernière rencontre... quand j'ai séjourné ici.

Elle se tut et jeta un rapide coup d'œil à Tina qui se tenait auprès de son mari. Blanche comme son corsage, celle-ci serrait les poings.

— Il y a six mois que nous nous sommes vus, n'est-ce pas ? poursuivit-elle. Ou peut-être un peu plus...

— Je vais vous laisser, annonça Tina d'une voix atone. Je suis sûre que vous avez beaucoup de choses à vous dire.

Avant que Paul·ait pu réagir, elle quitta la pièce et, quelques secondes plus tard, elle marchait dans la rue.

Elle marcha longtemps, en proie à un affreux sentiment de solitude et de désespoir. Elle avait beau se répéter que la vie de Paul avant leur mariage ne la concernait pas, d'intolérables pensées la hantaient. Lorsque Paul était venu la chercher en Angleterre, elle n'avait pas eu l'idée de douter de sa fidélité. Il lui semblait évident qu'il n'avait vu aucune femme entre le moment où elle avait quitté la Grèce et celui où il avait décidé de l'épouser. Et elle venait d'apprendre qu'il avait passé les nuits précédant son mariage avec la femme qu'il avait aimé jadis.

Ecœurée, Tina continua à marcher. Elle souhaitait mettre la plus grande distance possible entre elle et l'appartement de Paul. Des larmes inextinguibles lui brûlaient les yeux. Que pouvait-elle faire ? Elle ne voulait pas retourner chez son oncle et sa tante de peur de leur causer du souci. Par ailleurs, elle les entendait déjà lui conseiller d'oublier le passé pour ne songer qu'à son avenir avec Paul.

Elle marcha encore et, revenant enfin à la réalité, elle découvrit autour d'elle un quartier inconnu d'Athènes. Elle s'arrêta, et dut se remettre précipitamment en route car deux Grecs entreprenants traversaient déjà pour l'aborder. Comme ils la suivaient, elle s'en fut en courant, le cœur battant. De toute sa vie, elle ne s'était jamais sentie aussi malheureuse, même lorsqu'elle travaillait chez Mme France-Cobet. N'entendant plus les hommes derrière elle, elle ralentit. Elle ne savait pas où elle se trouvait. Elle ne savait même pas où aller ! Elle avait l'impression d'être entrée dans un long tunnel noir. Son désespoir lui interdisait de retourner chez son mari. Elle décida finalement de se réfugier auprès de son oncle et de sa tante. Elle ne pouvait pas vagabonder ainsi indéfiniment en pleurant sur son sort.

Elle se hâta de revenir sur ses pas, gagnant une rue plus animée. Par chance, elle ne tarda pas à apercevoir un taxi. Obéissant à son signe, il s'immobilisa près du trottoir.

Un quart d'heure plus tard, elle arrivait à l'hôtel. La voyant seule, l'employée de la réception ne put masquer son étonnement. Jetant un coup d'œil à sa montre, Tina se rendit compte que son errance avait duré trois heures.

Atteignant le seuil de l'appartement, elle hésita un moment. Qu'allait-elle dire à sa famille ? Comment réagirait-elle ? N'ayant pas la possibilité d'échapper à cette épreuve, elle leva courageusement la main et frappa. Sa tante l'accueillit en ouvrant de grands yeux et soudain, Tina fondit en larmes.

— Que se passe-t-il ?

L'inquiétude se peignit sur le visage de Doris et elle tendit les bras à sa nièce.

— J'ai... j'ai quitté Paul...

Tina essaya de s'expliquer davantage, mais la douleur lui nouait la gorge. Blottie contre sa tante, elle sanglota longtemps sans retenue, entendant à peine ses paroles apaisantes, ne sentant pas les petites tapes affectueuses qu'elle lui donnait dans le dos.

— Raconte-moi tout, ma chérie, proposa Doris lorsqu'elle se calma un peu. Vous êtes-vous disputés ?

Tina secoua la tête.

— Non... non.

Un sentiment cuisant de honte et de gêne l'assaillit et il lui fallut plusieurs minutes pour se décider à parler.

Son récit amena une expression stupéfaite sur les traits de sa tante.

— Comment ? C'est pour cette raison que tu as quitté ton mari !

Tina n'avait pas la force de se justifier. Elle se contenta de murmurer :

— Puis-je rester ici, tante Doris ?

— Bien sûr, mais... tu ne peux pas abandonner Paul simplement parce que...

Elle s'interrompit net et son regard se fixa sur la porte derrière sa nièce. Celle-ci se retourna brusquement... et devint blême.

— Paul !

Un nouveau flot de larmes la suffoqua.

— Je vous laisse, annonça sa tante. Avez-vous par hasard vu Frank, Paul ?

— Oui, au restaurant. Je lui ai demandé si Tina était là et il m'a répondu non. Il n'est sans doute pas au courant de sa visite !

L'intonation de Paul trahissait une vive impatience et ses yeux à l'éclat dur étaient rivés sur le visage barbouillé de larmes de sa jeune femme.

Avec une apparente tranquillité, tante Doris les quitta, refermant soigneusement la porte derrière elle. Paul se tenait à quelques pas de Tina et elle frissonna sous son regard gris sombre comme du granit.

Il rompit enfin le silence pour déclarer d'une voix sévère :

— Qu'est-ce qui vous a pris ? Pourquoi vous êtes-vous enfuie ? Je vous ai cherchée partout. J'ai hésité à venir ici, pensant que vous répugneriez à mêler votre famille à cette histoire.

Il se tut un instant et répéta avec plus de force :

— Pourquoi vous êtes-vous enfuie ?

Tina baissait la tête, confuse de présenter à son mari des traits bouffis et des yeux rouges.

— J'étais... écœurée.

Paul médita longuement ces paroles, puis demanda soudain :

— Est-ce tout ce que vous avez à dire ?

Consciente à présent de l'absurdité de sa conduite, Tina tenta de se justifier :

— Son apparition m'a causée un choc. Et quand elle a évoqué les nuits passées avec vous... peu de temps avant que vous ne veniez en Angleterre pour m'épouser... J'ai découvert que vous m'aviez... trompée et...

Incapable de poursuivre, Tina haussa les épaules. Son embarras la paralysait. Elle se jugeait ridicule. N'avait-elle pas démesurément grossi cette affaire ?

Le regard de Paul la transperçait à présent tant il brillait d'une violence contenue.

— Je n'ai pas entendu Dora prétendre qu'elle avait passé des nuits avec moi.

Tina tressaillit malgré elle sous la sévérité glaciale du ton de son mari.

— C'est ce que j'ai cru comprendre… puisqu'elle a séjourné dans votre appartement.

Le visage de Paul prit la fixité menaçante d'un masque métallique.

— Eh bien, vous avez mal compris, déclara-t-il d'une voix cassante. Dora a été ma maîtresse, je l'avoue, mais pas depuis que j'ai décidé de vous épouser ! Et ce qui s'est passé avant ne vous regarde absolument pas, Tina.

Il la fixa avec une terrible insistance.

— Je vous serais reconnaissant de ne pas vous occuper de ce que j'ai fait avant notre mariage.

Immense et redoutable, il se dressait au-dessus d'elle. Certes, il maîtrisait sa colère, mais son calme même était effrayant.

— Je suis désolée, j'ai cru comprendre que… que…, balbutia Tina.

— Je vous répète que vous avez mal compris, affirma farouchement Paul. Et maintenant, si vous êtes prête à partir, allez prendre congé de votre tante.

Elle le considéra en hésitant. Elle distinguait mal son visage à travers ses larmes. Elle n'y discerna en tout cas aucun signe de pitié. A vrai dire, elle n'en méritait pas. Se dirigeant vers la porte à petits pas las, elle murmura :

— Je vais la prévenir.

Paul voulut sans doute punir Tina de sa conduite et il y réussit parfaitement. De retour dans leur appartement, elle fit sa toilette, enfila sa chemise de nuit et l'attendit dans la chambre qu'ils devaient partager. Hélas, l'appartement possédait plusieurs pièces, et elle l'entendit se doucher dans une autre salle de bains et fermer ensuite la porte de la chambre adjacente.

En proie à une épouvantable sensation de solitude,

elle se remit alors à pleurer. Pour la première fois, son mari se montrait fâché contre elle et elle en éprouvait un profond chagrin. Il n'avait pas daigné lui raconter ce qui s'était passé entre Dora et lui après son départ. Elle ne désirait d'ailleurs pas le savoir et pourtant, une vive curiosité la tourmentait. D'après Dora, Paul l'aurait épousée par simple vengeance. Avait-elle dit vrai? Comment supporter une telle incertitude?

Elle finit par se coucher, mais la nuit interminable se peupla de cauchemars.

Le soleil illuminait la chambre quand elle sortit d'un sommeil agité. Elle se leva, guettant des bruits dans la pièce voisine. Un silence total régnait dans l'appartement. Après s'être baignée et habillée, elle se rendit dans la salle à manger.

Paul s'y trouvait déjà et il mettait lui-même la table pour son petit déjeuner.

— Où est le domestique? s'enquit-elle.

— Il passe souvent la nuit chez sa sœur. Il ignorait que nous serions là aujourd'hui.

Il lui fournit ces explications d'une voix impersonnelle et Tina lui demanda timidement si elle pouvait se rendre utile. Il la pria froidement de faire du café.

Le cœur lourd, elle gagna la cuisine. Comment chasser les nuages qui assombrissaient leur union? Elle s'interrogeait avec anxiété sans entrevoir la moindre solution.

Paul lui offrit un visage fermé durant tout le petit déjeuner. Il prit ensuite rapidement congé d'elle en lui annonçant qu'il resterait absent jusqu'au soir.

Tremblante, elle le regarda partir. Il ne l'avait même pas embrassée. Depuis la veille au soir, elle le découvrait différent, insensible, laconique, renfermé. De son côté, il avait aussi découvert une nouvelle facette de la personnalité de Tina : cette manière impulsive de réagir qu'il ne lui pardonnait pas.

Désœuvrée, Tina se décida à sortir. Par réflexe, elle

prit la direction de l'hôtel de son oncle et de sa tante. Impatiente de connaître les dernières nouvelles, celle-ci abandonna sur-le-champ son travail pour entraîner Tina dans son salon.

— Assieds-toi, mon enfant.

Elle étudia le visage décomposé de la jeune femme et fronça les sourcils.

— Qu'est-il arrivé ? Où est Paul ?

— Son travail le retient jusqu'à ce soir, annonça-t-elle.

Les pensées les plus inquiétantes la harcelaient. Paul ne regrettait-il pas déjà de l'avoir épousée ?

— Qu'est-il arrivé ? lui redemanda sa tante en sonnant pour commander du café.

Rougissant malgré elle, Tina lui parla de la rage froide de Paul. Elle lui expliqua qu'ils n'avaient pas dormi dans la même chambre.

— Je le mérite, ajouta-t-elle d'une voix brisée. Je me suis imaginée qu'il m'avait trahie, mais c'est faux.

— Alors que venait faire cette Dora chez lui ?

— Il ne me l'a pas dit. Je suppose qu'étant de passage à Athènes, elle a voulu le voir et peut-être même loger dans son appartement. Il y a assez de place.

— C'est possible, reconnut la tante de Tina.

Son scepticisme n'échappa pourtant pas à la jeune femme. Les doutes qu'elle s'efforçait de repousser ressurgirent alors en force dans son esprit. Tante Doris lui avait appris que tous les hommes étaient des menteurs. Paul lui avait-il menti ? Dans ce cas, il n'avait pas le droit de se conduire en mari offensé et de traiter sa femme avec un tel mépris.

— Je vais faire des courses, décida Tina, éprouvant un grand besoin de se retrouver seule et de réfléchir.

— Tiens-tu vraiment à partir ?

Comme Tina lui avouait son désir de solitude, elle secoua la tête.

— Ce n'est pas ce qu'il te faut en ce moment. Reste

ici. Tu téléphoneras à Paul ce soir pour le prier de venir et je lui parlerai.

— Non, objecta Tina. Il est déjà suffisamment furieux contre moi.

Un petit coup fut frappé à la porte et un homme apparut.

— Apportez-nous du café, Georgios, s'il vous plaît, demanda la maîtresse des lieux.

L'employé revint cinq minutes plus tard avec un plateau.

Tina absorba volontiers la boisson réconfortante puis elle se leva, déterminée à s'en aller.

— Reviendras-tu pour le déjeuner ?

— Oui, tante Doris, volontiers, je te remercie.

— Nous mangerons ici et non pas au restaurant. Ton oncle et moi apprécions un peu de tranquillité au cours de la journée.

Elle considéra sa nièce d'un air soucieux et ajouta :

— Promets-moi de ne pas broyer du noir, ma chérie.

— Je te le promets. Je vais m'occuper, déclara Tina avec un sourire forcé.

5

Le hasard conduisit Tina à l'Acropole. Bien que les touristes y fussent encore nombreux, elle se réjouissait d'y trouver une certaine paix. Le visage levé vers les chauds rayons du soleil, elle contempla le Parthénon. L'arrivée d'un groupe armé d'appareils photographiques et de caméras la chassèrent un peu plus loin. Elle ne s'aperçut pas tout de suite qu'un jeune homme s'était écarté comme elle.

Il lui adressa soudain la parole en désignant de la main la foule bruyante serrée autour de son guide.

— Je rêve d'être seul ici un jour, les gens m'empêchent de me concentrer.

Il lui sourit et Tina étudia ses beaux yeux bleus, son nez droit et son menton volontaire. Il portait une tenue décontractée mais impeccable composée d'un pantalon en velours et d'une chemise rayée. Tina détourna subitement son regard. Elle ne devait pas se lancer dans une conversation avec un inconnu. Et pourtant, elle lui répondit malgré elle avec un sourire :

— Moi aussi, j'aimerais être seule ici. Cela doit être possible très tôt le matin.

— Hélas, l'Acropole est fermée au public à ce moment-là.

— Vous avez raison.

L'homme hésita un peu avant de lui demander :

— Etes-vous en vacances ?

Et il enchaîna presque aussitôt :

— Etes-vous seule ?

— Non, répliqua-t-elle. Mon mari est pris par ses affaires jusqu'à ce soir, et je me promène en l'attendant.

Elle aima la spontanéité de son interlocuteur, son air aimable, et elle apprécia par-dessus tout de bavarder avec un Anglais.

— Et vous, êtes-vous en vacances ? s'enquit-elle à son tour.

— Oui, j'ai été obligé de les prendre tard cette année. Dans le fond, je ne le regrette pas. Il fait moins chaud à cette époque. Je suis déjà venu une fois en Grèce en juillet et la température était insupportable.

— J'en ai fait l'expérience, en effet, glissa Tina.

— Habitez-vous à Athènes ?

Elle secoua la tête.

— Non, nous demeurons en Crète, mais mon mari possède aussi un appartement à Athènes...

Elle s'interrompit soudain, songeant que l'homme s'étonnait peut-être. Elle aurait dû dire : « *Nous* possédons aussi un appartement à Athènes ».

En la considérant d'une manière admirative, l'inconnu l'interrogea encore :

— Est-ce que votre mari est anglais ?

Décidément, cet homme posait beaucoup de questions. Cependant, comme il lui paraissait sympathique, Tina répliqua après une brève hésitation :

— Non, il est grec.

Une lueur de surprise passa dans les yeux bleus mais, s'abstenant de tout commentaire, l'homme suggéra plutôt :

— Nous pourrions peut-être déjeuner ensemble ?

Tina se préparait à refuser quand elle sentit à quel point parler avec cet homme lui faisait du bien.

— Je vais déjeuner à l'hôtel de mon oncle et de ma tante. Vous pouvez venir, proposa-t-elle.

L'homme sembla ravi. Toutefois, il n'accepta pas immédiatement.

— Je ne voudrais pas les déranger.

— Ne vous inquiétez pas.

Tina avait prononcé ces paroles avant de se rappeler que sa tante désirait manger dans son appartement et non pas dans le restaurant de l'hôtel. Et bien tant pis !

— Prenons-nous un taxi ? s'enquit-il.

— Je préférerais marcher, déclara Tina.

— Tant mieux ! Moi aussi.

Il déclina son identité et Tina se contenta de lui indiquer son prénom.

— C'est joli. Puis-je vous appeler ainsi ? lui demanda-t-il.

— Oui, répliqua-t-elle non sans un certain embarras.

— Et vous m'appellerez Bill, n'est-ce pas ?

Elle acquiesça et quitta l'Acropole en sa compagnie. Elle gardait le silence car Paul occupait entièrement ses pensées. Comment réagirait-il en apprenant qu'elle avait fait la connaissance de ce jeune homme ? Dans l'auberge où ils avaient passé leur lune de miel, elle s'était risquée à adresser un simple sourire à un autre client et la jalousie de son mari avait éclaté aussitôt. Cherchant à se rassurer, elle se dit que Paul ignorerait cette rencontre.

Arrivée à l'hôtel, elle pria son compagnon de l'attendre un instant dans le hall. Lorsqu'elle expliqua à sa tante qu'elle avait invité un ami à partager leur déjeuner, celle-ci se montra gênée.

— Qu'en pensera Paul ? lança-t-elle en fronçant les sourcils.

Tina lui tint le raisonnement qu'elle venait de se forger. L'opinion de Paul n'importait pas puisqu'il n'entendrait jamais parler de Bill.

N'y allant pas par quatre chemins, la tante de Tina lui posa la question qui lui brûlait les lèvres :

— Est-ce une vengeance ?

— Non… L'idée ne m'est même pas venue à l'esprit.

— Inconsciemment peut-être, insista Doris.

Tina commençait à regretter d'avoir emmené cet Anglais. La réaction de sa tante lui présentait la situation sous un jour beaucoup moins plaisant.

— De toute façon, Tina, déclara celle-ci, nous avons dû changer nos plans. Etant donné le monde que nous avons, nous allons déjeuner au restaurant.

Elle guida sa nièce et Bill vers une table située tout au fond de la salle et séparée des autres par des plantes faisant écran. Bill s'extasia sur le luxe de l'hôtel, si différent de l'établissement modeste où il logeait place Omonia.

— J'aime la place Omonia, affirma Tina. C'est un endroit plein de charme et de vie.

— C'est vrai, approuva l'oncle Frank.

— Irons-nous là-bas après le repas ? questionna le jeune Anglais.

Comme il regardait Tina, il ne vit pas le coup d'œil inquiet qu'échangèrent son oncle et sa tante.

— Entendu, répondit-elle.

Après tout, cette agréable compagnie l'aiderait à tuer le temps et à oublier ses préoccupations. Ensuite, elle retrouverait Paul. Quel accueil lui réserverait-il ce soir ? Aurait-il surmonté sa contrariété ?

La place Omonia bourdonnait comme une ruche. Des pêcheurs grecs y côtoyaient des touristes scandinaves. Des hommes paressaient aux tables des cafés. Bill en connaissait un particulièrement agréable et il offrit à Tina un rafraîchissement sur la terrasse. La jeune femme admira la vue magnifique sur l'Acropole que le soleil nimbait d'or. Lorsque Bill lui demanda si elle était libre le lendemain, elle se surprit à acquiescer sans hésiter. Elle se plaisait en sa compagnie. Un rendez-vous fut pris et l'Anglais la quitta en la remerciant.

— J'ai passé une excellente journée grâce à vous. On finit par se lasser de faire du tourisme tout seul.

Tina approuva d'un sourire.

A peine s'étaient-ils séparés qu'elle sentit un poids terrible s'abattre de nouveau sur elle. Elle dut se faire violence pour gagner l'appartement de Paul et elle éprouva un immense soulagement en découvrant qu'il n'était pas encore arrivé. Elle disposait d'un peu de temps pour se préparer à l'affronter.

Lorsqu'elle sortit de son bain, l'appartement était toujours désert. Elle consulta sa montre : sept heures et quart. Elle fronça les sourcils... Dix autres minutes passèrent, puis dix autres encore...

Finalement, Paul apparut à huit heures passées. Il semblait fatigué. Elle se risqua à lui demander :

— Etes-vous satisfait de votre journée ?

Il hocha distraitement la tête.

— Satisfait, mais épuisé.

Déposant son attaché-case sur un fauteuil, il la questionna à son tour :

— Et vous ?

Elle fit oui de la tête et se détourna pour lui cacher ses larmes. Paul savait sûrement qu'elle l'aimait. Il se doutait du chagrin qu'il lui causait en adoptant cette attitude froide et impersonnelle. Quelle dureté ! Quelle insensibilité ! Tina n'aurait jamais dû s'éprendre de lui. Et elle aurait surtout dû lui cacher son attachement. Paul disposait de l'arme idéale pour la faire souffrir. Il n'y avait qu'une solution. Tina devait feindre l'indifférence. Ainsi, Paul croirait avoir perdu tout pouvoir sur elle.

— J'ai passé une excellente journée, annonça-t-elle avec une pointe de défi et une insouciance apparente. J'ai déjeuné avec ma tante et mon oncle...

Elle s'interrompit un instant, pesa le pour et le contre et décida d'ajouter :

— J'ai rencontré un charmant jeune homme sur

l'Acropole et nous avons mangé tous les quatre ensemble. Je ne me suis pas ennuyée une seconde.

Elle n'osait pas regarder son mari. Comment réagissait-il? Elle attendit dans un état de tension extrême.

Il marmonna soudain d'une voix étouffée :

— Répétez un peu...

Elle leva alors les yeux vers lui et joua la surprise.

— N'avez-vous pas entendu, Paul?

A la vue des traits virils figés en un masque menaçant, elle se mit à trembler. « Mon Dieu, songea-t-elle, il va me tuer! »

— Je vous disais que j'ai rencontré un jeune homme... un Anglais nommé Bill...

La voix lui manqua. Elle s'efforça d'avaler la petite boule qui lui nouait la gorge. Ne s'était-elle pas montrée trop imprudente? Paul allait lui faire payer cette tentative de provocation.

Elle voulut s'enfuir quand il s'approcha d'elle, mais ses jambes refusèrent de la porter. Il la prit aux épaules et la secoua violemment. Elle cria, puis pleura, le supplia de la lâcher. Il la repoussa enfin. La colère déformait son visage. Déséquilibrée, Tina serait tombée s'il ne l'avait pas rattrapée au dernier moment. Il la ramena contre lui avec une incroyable brutalité et, pendant plusieurs minutes, elle se trouva entièrement soumise à la passion furieuse de ce Grec aux manières si impérieuses. Ses lèvres dures écrasèrent cruellement les siennes. Il la serrait contre lui à l'étouffer. Lorsqu'il s'écarta enfin, elle était sur le point de s'évanouir.

D'incontrôlables sanglots faisaient ployer son corps frêle. Elle considéra son mari d'un air incrédule. Jamais elle n'aurait imaginé une telle violence. Ce traitement inhumain suscita sa rancune et, les yeux brillants d'indignation, elle murmura d'une voix blanche :

— Je vous hais... Je vous hais, m'entendez-vous?

Paul la fixait avec une intensité effrayante.

— Où avez-vous rencontré cet homme ? s'enquit-il, ignorant ce qu'elle venait de dire.

Suffisamment humiliée et meurtrie, Tina ne voulait plus parler de Bill.

— Restons-en là, déclara-t-elle en se laissant tomber dans le fauteuil le plus proche.

— Certainement pas ! s'écria-t-il. C'est un Anglais. Et vous l'avez emmené chez votre oncle et...

S'étranglant de colère, il dut s'interrompre un instant.

— Et vous l'avez présenté à votre oncle et votre tante ! reprit-il ensuite. Que leur avez-vous dit ? Comment leur avez-vous expliqué sa présence ?

— Il n'y avait pas d'explication à donner, objecta-t-elle.

Après tout, elle n'avait pas fait de mal.

— Nous avons commencé à bavarder sur l'Acropole et, une chose en entraînant une autre, je l'ai invité à...

— ... déjeuner chez votre oncle et votre tante ! compléta Paul dont le courroux allait croissant.

Elle regarda avec effroi ses mains qui semblaient prêtes à s'emparer d'elle à nouveau. Celle-ci tenta de prévenir d'autres brutalités en se montrant plus douce.

— Paul, n'en parlons plus. Je vous assure que vous n'avez rien à me reprocher.

— Rien ! explosa-t-il. Si vous étiez grecque, votre conduite vous vaudrait le fouet !

— Je suis anglaise, murmura-t-elle.

— Mais vous avez épousé un Grec et Dieu m'est témoin que je saurai vous apprendre à vous tenir !

Malgré ses résolutions, elle se laissa emporter encore une fois par la colère.

— Je n'ai pas l'intention de me plier aux usages démodés de votre pays !

— N'oubliez pas que je suis votre mari, Tina. J'ai des droits sur vous. Je vous punirai si vous le méritez.

Paul avait adopté un ton plus calme mais infiniment plus inquiétant.

— En Grèce, le mari est le maître, ajouta-t-il. La femme lui doit obéissance.

Il la regarda droit dans les yeux.

— Si vous ne m'obéissez pas, vous en subirez les conséquences.

Songeait-il à la battre ? Rien ne semblait plus impossible à Tina. Elle découvrait un homme si différent de l'amoureux tendre et persuasif qui avait tenté de faire d'elle sa maîtresse...

— Vous comptez me donner des ordres ! s'exclama-t-elle.

— Oui, Tina, et vous les respecterez. Nous ne sommes pas en Angleterre ici. Ne saviez-vous pas ce qui vous attendait en m'épousant ?

Elle fut contrainte de baisser la tête et d'avouer :

— En effet, je connaissais la mentalité des hommes en Grèce.

— Dans ce cas, rien n'excuse votre comportement. Vous n'auriez pas dû accepter la compagnie de cet Anglais.

Il pointa vers elle un index menaçant.

— La prochaine fois, vous vous en mordrez les doigts !

— Je n'ai rien fait de mal, affirma-t-elle encore... Bill... ce jeune homme... s'est montré parfaitement correct.

Un violent tremblement gagna tout son corps. Cette scène orageuse l'avait anéantie. Elle se languissait d'un autre Paul, de celui qui la prenait dans ses bras, lui communiquait sa force et sa chaleur réconfortantes. De sa voix la plus humble, elle suggéra :

— Paul, ne pourrions-nous cesser de nous quereller ? Je suis... je suis tellement malheureuse...

Secouée par un sanglot, elle n'acheva pas sa phrase. Elle ne put que lever vers Paul un regard suppliant. Son joli visage exprimait une profonde douleur. Il parut d'abord rester insensible à ce spectacle touchant, puis il aida sa femme à se mettre debout. Avec douceur, il l'attira contre lui, l'embrassa, la berça, et sortit un mouchoir pour sécher ses larmes. Tina eut l'impression de revivre. La récente brutalité de Paul sombra dans l'oubli. Seule comptait cette tendresse retrouvée.

— Tina, chuchota-t-il, vous savez comment toute cette histoire a commencé.

— Oui, à cause de mon impulsivité. Je me suis imaginé que... Dora...

Les doutes émis par sa tante lui revinrent en mémoire. Elle scruta les traits de Paul, mais les yeux sombres et insondables ne lui apprirent rien. Pouvait-elle croire son mari ? N'y avait-il vraiment rien eu entre Dora et lui depuis qu'il s'était décidé à l'épouser ? Mais même s'il mentait, cette affaire datait d'avant leur mariage. Elle résolut de ne plus y penser. En cet instant, elle souhaitait oublier tout ce qui la séparait de Paul.

Pendant qu'elle cherchait ses mots, celui-ci déclara :

— La visite de Dora est mal tombée, Tina. Il y a bien des années, j'étais épris d'elle, je le reconnais. Je l'aurais peut-être épousée... Je n'en sais plus rien maintenant. Cela n'a d'ailleurs aucune importance. Sachez que je n'ai pas le moindre regret de vous avoir choisie.

L'amusement dissipa les vestiges de sévérité qui assombrissaient son expression et il nota :

— Vous avez l'air soulagée, ma chère.

— Je suis soulagée lorsque je vous entends prononcer de telles paroles.

Tina rayonnait. Elle ne se souvenait plus de son récent chagrin. Elle se souvenait encore moins de ses résolutions de feindre l'indifférence. D'ailleurs Paul savait combien elle l'aimait. Il ne se serait pas laissé prendre à sa comédie.

— Ne me provoquez plus jamais, Tina, conseilla-t-il sur un ton qui était presque une prière. Je suis un homme violent. Je préfère que vous ignoriez toujours de quoi je suis capable. Il me suffit de penser que vous passez la journée avec un autre pour devenir fou.

Elle s'accrocha amoureusement à lui, comme pour lui prouver qu'elle lui appartenait. Elle se rappela d'une manière fugitive qu'elle avait rendez-vous avec Bill le lendemain. Elle se promit de ne lui accorder que quelques minutes et de trouver un prétexte pour le quitter.

— Tina, vous aviez certainement deviné que je serais un mari jaloux?

Elle acquiesça en silence. En principe, la jalousie accompagnait l'amour, mais ce n'était pas le cas en ce qui les concernait. Paul venait de lui montrer qu'il pouvait éprouver l'un sans l'autre.

Elle s'abandonna avec délice à ses caresses et à ses baisers. Au bout d'un moment, il la repoussa gentiment et lança :

— Allez vous préparer, nous dînons dehors!

Les nuages avaient disparu, le soleil brillait de nouveau pour Tina. Elle avait l'impression de voler quand elle se rendit dans la salle de bains.

Lorsqu'elle pénétra dans la chambre, Paul l'y attendait. Il avait pris une douche et portait un peignoir rouge et noir.

— Quelle robe vais-je mettre? demanda-t-elle. La blanche que vous m'avez achetée à Dorchester?

Il hocha machinalement la tête. Imparfaitement dissimulé par une serviette en éponge, le corps de Tina retenait toute son attention. Percevant son désir, elle rougit légèrement et baissa les paupières. Elle s'étonnait toujours de l'immense attirance qu'elle exerçait sur ce Grec passionné. Il devinait sous l'étoffe ses formes harmonieuses et les caressait déjà en pensée. Il la dévora des yeux, contemplant ses joues colorées, ses lèvres entrouvertes en un charmant sourire et la cascade de ses cheveux blonds.

Lorsqu'il parvint enfin à parler, sa voix vibrait d'émotion :

— Vous n'avez pas le droit d'être si belle avant le dîner, Tina. Sortons-nous ou restons-nous ici ?

— Je... je...

Avec une ruse toute féminine, elle tenta de s'échapper mais la main de Paul se referma sur son poignet et la tira en arrière. D'un geste habile, il dénoua la serviette qui tomba sur le sol, et il attira Tina contre lui. A son contact, la jeune femme se troubla violemment. Les mains, les lèvres de son mari se firent exigeantes, impérieuses, mais leur brutalité était en cet instant des plus voluptueuses.

— Mon Dieu, Tina, jamais une femme ne m'a envoûté à ce point ! Jamais !

Une folle ardeur les embrasa alors tous les deux. Elle ne savait plus où elle était, elle ne respirait plus, lui semblait-il. Quand il l'emporta jusqu'au lit, elle vit la chambre tourner autour d'elle. Le peignoir glissa et il s'allongea à ses côtés.

Un long moment après, en promenant tendrement ses doigts sur la peau satinée, Paul demanda à sa femme :

— Sortons-nous maintenant, ma chère Tina ?

Elle accueillit sa question teintée d'humour avec un sourire.

— Nous aurions dû commencer par là.

— Qu'importe ! s'exclama-t-il. La nuit n'est pas encore finie...

Elle fit semblant de bâiller.

— Oh non, je serai trop fatiguée.

Paul lui donna une petite tape par pure plaisanterie.

— Menteuse ! Je saurai bien vous réveiller !

Elle se blottit plus confortablement encore contre lui et murmura :

— Désirez-vous vraiment sortir ?

— Un homme finit toujours par avoir faim, répondit-il.

— A vrai dire, je crois que j'ai faim aussi, avoua-t-elle.

— Tout de même! Je me demandais si vous alliez l'admettre!

Elle revêtit la robe blanche dont l'ample jupe lui conférait la démarche d'une princesse. Le large décolleté révélait ses épaules et sa gorge parfaites. Accompagnée du collier et des boucles d'oreilles en diamants que Paul lui avait offerts en cadeau de mariage, cette toilette assurait à Tina une grande élégance. Elle ne pouvait rêver mieux pour se rendre dans l'un des plus chics restaurants d'Athènes.

— Vous êtes ravissante, lui murmura son mari. Je suis fier de sortir avec vous.

Elle s'empourpra d'une manière délicieuse à ce compliment et considéra à son tour Paul avec une immense admiration. Son charme l'éblouissait. Comment avait-il pu se montrer si violent et si redoutable quelques heures plus tôt? Il arborait à présent une expression aimable, mi-rieuse, mi-tendre. Il prit le châle de Tina et le lui posa délicatement sur les épaules. Elle saisit son sac au passage, offrit à son mari un sourire complice et, bras dessus, bras dessous, ils quittèrent l'appartement.

Tandis qu'ils gagnaient le centre de la ville, une lune dorée brillait haut dans le ciel. L'Acropole, auréolée de toute sa splendeur passée, sommeillait sous les étoiles. A présent, seuls des fantômes hantaient les lieux sacrés naguère voués à la déesse Athéna.

Assise auprès de son mari dans la voiture, Tina murmura pour elle-même d'une voix émue :

— C'est fascinant... J'aurais aimé vivre dans la Grèce antique, lorsque régnaient les dieux de l'Olympe.

Cette déclaration venue du fond du cœur fit rire Paul. Il jeta un rapide coup d'œil à sa femme, puis concentra de nouveau son attention sur la circulation.

— Pourquoi auriez-vous aimé vivre en ce temps-là ? s'enquit-il.

— Pour plusieurs raisons, mais surtout parce que je voudrais mieux connaître les dieux Grecs. Ils me semblent trop lointains malgré les nombreux livres que j'ai lus sur la mythologie. Athéna, par exemple, était une énigme. Elle se montrait bonne un jour, et mauvaise le lendemain.

— Pas mauvaise, mais vindicative, rectifia-t-il.

— Le principe même de la vengeance est mauvais, soutint Tina, car il implique la rancune.

Paul jeta un nouveau coup d'œil vers sa femme.

— N'êtes-vous jamais rancunière ? demanda-t-il avec un intérêt non dissimulé.

— J'essaye de ne pas l'être, répliqua-t-elle, songeuse. Non, Paul, je crois que je n'en ai jamais longtemps voulu à quelqu'un.

Il ne contenta pas cette réponse et, quelques instants plus tard, il s'engageait dans une splendide allée. Une fois dans le restaurant, on les conduisit à la meilleure table. Le maître d'hôtel s'empressa autour de lui avec une extrême courtoisie. La table se trouvait près de la fenêtre. De sa chaise, Tina pouvait contempler Athènes et l'Acropole illuminée qui se détachait avec une extraordinaire netteté sur le ciel grec. Comme elle soupirait d'aise, un sourire éclaira le visage hâlé de son mari.

— Vous me faites penser à un chaton, Tina !

Elle éclata de rire et le sommelier arriva sur ces entrefaites.

— Ce soir, il faut que je choisisse le vin avec application, déclara Paul. Ce repas n'est pas comme les autres.

— Pourquoi ? s'enquit-elle après le départ du sommelier. Qu'y a-t-il de spécial ?

— Nous fêtons notre première querelle... et notre première réconciliation.

Comme elle s'empourprait au souvenir des instants passionnés qu'ils venaient de vivre, Paul lança :

— Vous avez une manière adorable de rougir, vous l'ai-je déjà dit ?

Il la considérait avec une tendre ironie par-dessus la carte des vins.

Surprise elle-même par la fermeté de son ton, elle répliqua :

— Dépêchez-vous de choisir, Paul. Le sommelier va revenir.

D'un geste, elle le désigna à une table voisine.

— Il est là, voyez ! Cessez donc de me dévorer des yeux et consultez plutôt la carte !

Une lueur apparut dans le regard de Paul, mais elle n'était pas menaçante. Il s'amusait.

— Faites-moi penser à vous donner la fessée quand nous rentrerons... pour votre impertinence !

Elle lui sourit d'une manière coquine, puis le laissa choisir le vin. Tandis qu'il étudiait la liste, elle l'observa, s'émerveillant comme toujours de le trouver si séduisant. Comme elle aimait ces yeux vifs, cette peau brune, ces pommettes hautes, ce nez droit semblable à ceux des statues grecques, cette bouche pleine aux lèvres sensuelles, et ce menton volontaire ! Il émanait une force irrésistible de ce superbe visage. Tina s'étonna d'avoir un homme aussi exceptionnel pour mari. Cette pensée suscita un soupir involontaire, car elle en entraînait une autre. Il s'agissait d'une vérité, aussi attristante qu'incontestable. Paul était devenu son époux pour une seule raison : parce qu'elle ne lui avait pas cédé.

6

L'île de Patmos apparaissait progressivement à travers un rideau de pluie tandis que le yacht gagnait le petit port de Skala.

Mme Christos demeurait à Chora, dans une maison ancienne à colonnes et balcons, entourée de jardins en terrasse où des hibiscus écarlates rivalisaient de splendeur avec des bougainvillées d'un rouge éclatant. Même à cette époque tardive de l'année, les fleurs s'épanouissaient à profusion en ces lieux protégés par d'épaisses haies de cyprès et de lauriers. De grands pins couvraient les collines avoisinantes.

Lorsque Paul arriva chez sa mère avec Tina, il ne pleuvait plus. Le soleil revenu, l'humidité s'évaporait rapidement et il émanait de la terre une bonne odeur.

— Quelle belle maison ! s'exclama Tina en espérant trouver autant de charme à sa belle-mère qu'à son habitation.

— Vous ne ferez pas la connaissance de ma tante Sophia aujourd'hui, lui annonça Paul, car elle a été hospitalisée.

En son for intérieur, Tina ne s'en plaignait pas. Paul lui avait dit que cette tante ne parlait pas anglais. Il lui suffisait pour une première visite d'affronter sa mère qui connaissait au moins un peu sa langue.

La vieille dame était assise dans un salon au plafond

voûté. Les meubles y étaient austères et massifs. Sur les murs se succédaient des rangées d'icônes. Certaines étaient si anciennes que leur sujet s'effaçait derrière d'innombrables craquelures. Elles baignaient dans la lumière étrange de quelques bougies.

Tina serra la main de sa belle-mère avec un curieux pincement au cœur. Son mariage l'avait déjà mise dans des situations nouvelles pour elle et impressionnantes, mais celle-ci dépassait de loin les autres. Pour la première fois, elle pénétrait dans une authentique demeure grecque. Elle y rencontrait une femme tout habillée de noir, dont la robe touchait le sol. Seuls les yeux semblaient vivants dans son visage très ridé et osseux. Ils étaient même extrêmement perçants et rappelaient par moments l'arrogance qui brillait dans ceux de Paul. Tina essaya en vain d'imaginer Mme Christos en jeune fille.

— *Xerete,* murmura-t-elle en ouvrant à peine sa bouche exsangue, réduite à une simple fente dans sa face sévère.

Elle s'interrompit un instant et ajouta coup sur coup :
— *Ti kanete ?... Me enoite ?*
Du regard, Tina appela son mari au secours.
— Ma mère vous a saluée, expliqua-t-il. Puis elle vous a demandé comment vous allez et si vous la comprenez.

Il se tourna vers la vieille dame et la questionna avec un sourire :
— Pourquoi ne parles-tu pas anglais ?
Les traits figés de Mme Christos ne trahirent aucune émotion, mais sa réponse amena une ride de contrariété sur le front de son fils. Tina possédait suffisamment d'intuition pour deviner le sens de ses propos. Elle désapprouvait le mariage de son fils avec une Anglaise et n'avait pas l'intention d'accomplir le moindre effort pour communiquer avec elle.

Paul écarta les mains en un geste d'impuissance et considéra son épouse d'un air désolé.

— Dites quelque chose en anglais, Tina, et je le traduirai.

— Je suis heureuse de faire votre connaissance, madame...

Une intense sensation de malaise étouffa les sons dans la gorge de Tina.

— Appelez-la Mère, lui souffla Paul. Il ne faut pas dire Mme Christos.

Tina prit une grande inspiration puis, sans regarder ni son mari ni sa belle-mère, elle parvint au bout de sa seconde tentative :

— Je suis heureuse de faire votre connaissance, Mère. J'espère que vous allez bien.

Paul répéta ses paroles en grec et elle guetta un changement d'expression sur le visage de la vieille dame, un signe montrant qu'elle comprenait. Mais ses traits conservèrent une totale impassibilité.

Elle déclara tranquillement :

— *Ime kala, efaristo.*

Tina savait assez de grec pour saisir la signification de ces trois mots. Mme Christos allait bien et la remerciait.

Le regard perçant pesait sur elle, l'examinant sans pitié, sans indulgence, laissant transparaître une certaine désapprobation. Tina regretta d'avoir mis une robe décolletée et sans manches. Si au moins elle avait été un peu plus longue ! Paul aurait dû l'avertir. D'ordinaire, il savait parfaitement ce qui convenait à sa femme selon les occasions. Pourquoi ne lui avait-il pas conseillé une tenue plus classique pour rendre visite à sa mère ?

Une femme entre deux âges, vêtue de noir elle aussi, et qui avait tiré ses cheveux gris en arrière, apporta des rafraîchissements. Paul refusa d'un geste de la main les gâteaux sucrés qu'elle voulut lui servir.

Fascinée par le salon, Tina contemplait les objets

anciens, d'une valeur sûrement inestimable, qui l'ornaient. Malgré un remarquable déploiement de richesses, cette pièce ne pouvait pas soutenir la comparaison avec l'aménagement de la villa, de l'appartement et du yacht de Paul.

Celui-ci expliqua plus tard à Tina qu'à la mort de son mari, Mme Christos s'était retirée en compagnie de sa sœur avec l'intention de vivre uniquement de l'argent qu'elle possédait. Tina n'imaginait d'ailleurs pas une femme aussi fière accepter une quelconque aide financière de Paul.

— Je suis surprise, lui avoua-t-elle dans l'intimité de leur chambre. La maison est très belle, mais elle est installée d'une façon terriblement austère.

— Les gens de la génération de ma mère sont habitués à vivre ainsi, sans superflu, déclara-t-il. Ma mère refuserait par exemple de sortir avec nous pour dîner. Elle se sent très mal à l'aise dans mon appartement d'Athènes, et encore mille fois plus dans la villa.

Connaissant Mme Christos, Tina le crut aisément. Qu'aurait pensé la vieille dame si Paul l'avait emmenée dans l'un des restaurants très chics où il conduisait sa femme ?

Prise de curiosité, elle demanda :

— Est-elle déjà montée à bord de votre yacht ?

Paul éclata de rire et secoua la tête.

— Non, jamais.

— Et comment va-t-elle à Athènes ?

— Elle prend des bateaux qui sont beaucoup plus grands que le yacht, mais ne vous imaginez pas qu'elle vient souvent.

— A-t-elle déjà voyagé en avion ?

— Certainement pas, répliqua Paul en riant de nouveau. Et je suppose qu'il faudrait recourir à la force, ne serait-ce que pour l'emmener jusqu'à un aéroport !

Un bref silence s'installa entre eux. La jeune fille le rompit soudain d'une voix hésitante :

— Elle ne m'aime pas, Paul.

Il ne put s'empêcher de soupirer.

— Je vous l'ai déjà dit, elle a un préjugé contre les Anglais. J'ai essayé de la raisonner, mais il n'y a rien à faire. Ce n'est pas très grave. Je suis sûr qu'elle finira par vous adopter. Ne vous tourmentez pas.

— Non, Paul, je vous le promets, affirma-t-elle avec un sourire courageux. Vous m'aviez prévenue. Je ne m'attendais pas à être reçue à bras ouverts.

— Je suis navré, ma chérie, murmura-t-il, puis il changea de sujet.

Il prévoyait de visiter le lendemain la grotte de l'Apocalypse.

Tina se réjouissait de cette sortie. Hélas, le lendemain était encore loin. Il fallait d'abord terminer cette première journée et elle ne se trompait pas en prévoyant des difficultés pour la soirée.

Mᵐᵉ Christos refusa encore de parler anglais et son fils dut s'épuiser à traduire toute la conversation. Tina se donna beaucoup de peine pour paraître sociable et enjouée. Elle tenta de dérider sa belle-mère. La vieille dame resta distante, réservée et sournoisement hostile. Très droite dans son fauteuil au dossier haut, elle semblait terriblement intimidante. Elle tenait ses mains noueuses immobiles sur ses genoux et fixait Tina de son regard dur et insistant. Même à table, durant le dîner, elle conserva cette attitude rébarbative. La jeune femme en vint à conclure qu'elle n'était même pas contente de voir son fils.

Après le repas, Tina s'échappa et fit quelques pas toute seule. Elle avait besoin de se détendre un peu ; de plus son absence permettrait à la mère et au fils de converser un moment en tête à tête.

Il faisait un peu frais et elle marcha vite pour se réchauffer. Elle contempla la mer endormie sous un dais de ciel pourpre. Du monastère tout proche, fondé par saint Christodoulos, émanait une paix profonde. La lune caressait les vagues et sa lumière entretenait une sorte de frémissement scintillant à la surface de l'eau. Des myriades d'étoiles mêlaient leur éclat à celui de l'astre de la nuit. Etrangement émue, Tina se sentait minuscule dans ce vaste monde. Elle ne représentait pas même un grain de sable dans l'univers.

Le découragement s'abattit brutalement sur elle. Furieuse, elle s'efforça de lutter contre lui. De quoi se plaignait-elle ? Elle habitait avec un mari merveilleux dans une superbe demeure... Alors pourquoi cette soudaine tristesse ? Peut-être était-elle affectée par le silence nocturne et un sentiment de solitude ?

Oui, Paul lui manquait. La nuit aurait retrouvé sa poésie et sa magie s'il s'était trouvé auprès d'elle, lui tenant la main, s'arrêtant de temps à autre pour l'embrasser.

Revenant sur ses pas, Tina passa de nouveau la haute grille en fer forgé. Les silhouettes des palmiers, des cyprès et des citronniers qui entouraient la maison se découpaient d'une manière féérique sur le clair de lune. Plus elle approchait, plus elle ralentissait. Elle atteignit le perron en hésitant. Malgré son désir de rejoindre son mari, elle ne souhaitait pas vraiment retourner dans cette maison. Mme Christos lui était antipathique avec son regard mauvais, son corps maigre et sec dans les vêtements noirs, sa bouche aux lèvres fines et ses mains semblables à des serres d'oiseau de proie. Comment pouvait-elle être la mère d'un homme aussi beau que Paul ?

Repérant une fenêtre ouverte d'où venait une lumière, Tina traversa la pelouse. De loin, elle ne réussissait pas à voir s'il s'agissait d'une porte vitrée. Elle aurait préféré se faufiler par là au lieu d'emprunter l'entrée. Elle découvrit malheureusement une simple fenêtre et continua à contourner la demeure.

Soudain, elle s'immobilisa, involontairement, parce qu'une voix aiguisée par la colère s'élevait dans le silence nocturne. Une autre voix, celle de Paul, lui répondait avec un calme parfait. Paul et sa mère se disputaient. La vieille dame paraissait hors d'elle. Tina fronça les sourcils. Son instinct lui disait que cette dispute la concernait. Et, tandis qu'elle restait là, clouée sur place par la perplexité, le nom qu'elle aurait reconnu entre mille autres retentit à ses oreilles.

Dora...

Après sa mère, Paul prononça aussi ce nom, et l'accompagna d'un flot de mots grecs.

Tina n'avait pas besoin de savoir cette langue pour comprendre. Dora Vassilou était l'épouse que Mme Christos aurait souhaitée pour son fils.

Le lendemain matin, Paul dut retourner sur son yacht pour réparer un oubli, et Tina se retrouva seule avec sa belle-mère. Assise dans le jardin, elle attendait le retour de son mari, quand la vieille dame l'appela. Elle se leva docilement et se dirigea vers la fenêtre derrière laquelle Mme Christos se tenait.

— Je veux vous parler ! Venez ! ordonna-t-elle.

Elle parlait soudain anglais, et très bien ! s'étonna Tina...

— Est-ce important ? s'enquit-elle, l'appréhension lui nouant déjà la gorge.

— Oui, c'est important.

— Très bien.

Résignée, Tina contourna la maison, pénétra dans le hall et se dirigea vers le salon.

Comme la veille pour accueillir son fils et sa belle-fille, Mme Christos était installée dans un inconfortable fauteuil au dossier haut, le maintien raide, les mains immobiles sur les genoux.

— Asseyez-vous... s'il vous plaît.

Tina s'exécuta aussitôt, prenant le siège que la vieille dame lui avait indiqué d'un signe de la tête.

— Qu'y a-t-il? demanda-t-elle en s'efforçant de conserver son calme.

Il lui était pourtant extrêmement pénible de subir un face à face avec cette femme si peu engageante. Elle avait l'impression d'étouffer, comme si le vaste salon s'était transformé en une étroite cellule de prisonnier.

— Pourquoi mon fils vous a-t-il épousée?

On ne pouvait imaginer attaque plus directe. Une vive hostilité transparaissait non seulement dans l'intonation de Mme Christos, mais aussi dans la soudaine déformation de ses traits. Tina ne put s'empêcher de frissonner.

— C'est toujours la... même raison qui pousse deux personnes à se marier, murmura-t-elle difficilement.

Elle proférait d'ailleurs un mensonge, puisque Paul ne l'aimait pas vraiment. Toutefois, dans la situation présente, il n'était pas question d'avouer la vérité.

— Pfff...! s'exclama Mme Christos avec dédain. Mon fils ne peut pas aimer une Anglaise. Il aime une Grecque. Il s'est disputé avec elle autrefois mais maintenant, son mari est mort... Elle est libre!

La mère de Paul dévisageait Tina d'un air farouche. Ses yeux exprimaient purement et simplement de la haine. Pâle, le cœur battant follement, la jeune femme se couvrit les oreilles de ses mains. Elle ne voulait pas en entendre davantage. Paul aimait-il Dora? Peut-être! Dora avait bien prétendu qu'il s'était marié dans le seul but de se venger d'elle.

— Paul a toujours aimé cette femme... Dora Vassilou, insista Mme Christos avec force.

Elle jeta à sa belle-fille un coup d'œil interrogateur.

— *Me enoite?*

Tina inclina la tête.

— Oui, j'ai compris.

— Vous ne connaissiez pas Paul depuis longtemps quand vous l'avez épousé, n'est-ce pas?

— Pas très longtemps, admit Tina en guettant désespérément par la fenêtre l'arrivée de son mari.

— Dora est une Grecque, continua la vieille dame. Elle sera une excellente épouse et elle aura beaucoup d'enfants, des fils...

Mme Christos étudia avec mépris la silhouette délicate de Tina.

— Les Anglaises ne valent pas les Grecques. Elles ne veulent pas donner beaucoup d'enfants à leur mari.

Elle parlait très lentement, en s'appliquant à bien prononcer chaque mot, en les chargeant de toute sa désapprobation.

Articulant avec peine, Tina déclara :

— J'espère pouvoir donner des enfants à mon mari.

— Vous n'êtes pas assez forte pour lui donner de beaux fils ! cria presque Mme Christos.

Tina s'empourpra et se leva, arrivée à la limite de sa patience.

— Je regrette de ne pas vous plaire, madame Christos, affirma-t-elle sur un ton glacial, mais Paul m'a épousée et il est trop tard pour...

— Il n'est pas trop tard ! glapit Mme Christos, ne se souciant guère de lui couper la parole. Paul doit divorcer, je vais le lui dire.

Tina s'approcha de la vieille dame et plongea courageusement son regard dans les yeux brillants de colère.

— Je n'accepterai pas de divorcer, madame Christos.

Elle ne parvenait pas à appeler Mère une femme qui s'employait à dresser entre elles un mur d'intolérance et de haine. Elle comptait bien convaincre Paul de ne plus jamais la mener dans cette maison.

— J'ajouterai, au risque de vous décevoir, que Paul n'a pas non plus l'intention de divorcer.

Du moins pour le moment, pensa-t-elle, tant que le désir l'enchaînait à elle. La situation risquait de changer le jour où il se lasserait d'elle. Tina avait pris ses responsabilités en s'engageant dans cette union. Elle devait s'attendre à être éventuellement rejetée par Paul. Si un tel malheur lui arrivait, elle se résignerait.

— Mon Paul a toujours voulu épouser la belle Dora, poursuivit Mme Christos, interrompant Tina au milieu de ses tristes réflexions. Il lui en a voulu parce qu'elle s'est mariée avec un autre. Mais maintenant, le rival est mort. Elle peut devenir la femme de mon fils, et vous… vous retournerez en Angleterre.

— Madame Christos, Paul ne divorcera pas, n'y comptez pas, répéta Tina d'une voix lasse. Nous sommes heureux ensemble. Je l'aime de tout mon cœur et de toute mon âme, et je l'aimerai toujours.

Ces propos n'attendrirent pas le moins du monde la redoutable mère de Paul. Son regard restait obstinément empreint de colère et d'hostilité. Tina poussa un soupir.

— Je vous prie de m'excuser, murmura-t-elle.

Elle inclina brièvement la tête, ne voulant pas manquer de respect à la vieille dame, puis elle sortit de la pièce sans se retourner.

A quelle étrange famille avait-elle lié son destin ? Paul était en apparence un Grec cultivé aux conceptions assez modernes et évoluées. Mais quelle personnalité cachait-il sous ce fragile vernis ? Il possédait certainement des points communs avec sa mère. Or, Mme Christos n'inspirait que répugnance et horreur à Tina.

Elle tremblait de dégoût et de chagrin quand elle quitta la maison pour respirer l'air pur du jardin. Paul remontait justement l'allée de son pas alerte et élégant. L'espace d'une seconde, Tina éprouva la violente tentation de s'enfuir en courant. Elle ne voulait plus rien avoir à faire avec le fils de Mme Christos.

Pourtant, elle trouva la force de l'attendre. Elle demeura immobile, pâle, les nerfs à vif. Paul s'arrêta à un mètre d'elle et la considéra d'un air soucieux.

— Que se passe-t-il, Tina ? Etes-vous souffrante ?

Elle avait la gorge sèche. Cet homme lui faisait peur.

Elle ne reconnaissait plus son mari. Il lui semblait qu'elle se trouvait en face d'un inconnu. Elle se demanda par quel miracle elle parvint à lui répondre d'une voix normale :

— Je me sens très bien, Paul.

Comme elle détournait instinctivement la tête, il lui prit le menton et l'obligea à le regarder. Le contact d'ordinaire si agréable de ses doigts lui causa cette fois une curieuse répulsion.

— Vous êtes contrariée, Tina. Qu'y a-t-il ?

Sur le point de se confier à lui, elle y renonça pourtant. Elle ne gagnerait rien à le dresser contre sa mère.

— Je ne suis pas contrariée, fit-elle en feignant l'étonnement. Où allez-vous chercher une telle idée ?

Paul se laissa abuser par son délicieux sourire et son inquiétude se dissipa. Tina aurait voulu repousser la main qui lui maintenait toujours le menton, mais elle n'osa pas de peur de provoquer sa colère. Les doigts chauds descendirent le long de sa gorge et, au lieu du plaisir habituel, Tina fut assaillie par de nouvelles sensations désagréables. Elle réussit par chance à donner le change et, lui parlant avec une grande douceur, Paul lui demanda :

— Etes-vous prête à sortir ? Je vais juste dire deux mots à ma mère.

Il s'éloigna et elle ne bougea pas. Un malaise envahissant la paralysait. La veille, elle s'était réjouie de visiter la grotte de l'Apocalypse. Aujourd'hui, elle aurait tout donné pour ne pas s'y rendre en compagnie de son mari. Elle avait besoin de solitude pour réfléchir. Il lui fallait répondre à une question très grave. Pourquoi s'était-elle mariée si vite à un étranger dont elle ne savait rien ?

Paul l'effrayait. Certes, il se montrait charmant pour le moment, mais comment se comporterait-il quand elle ne l'attirerait plus ? Etait-il capable de cruauté ? Aurait-il pitié d'une femme qui l'aimait ? Tous ces points d'interrogation transformaient les craintes de Tina en panique. Elle aurait voulu crier, ne fût-ce que pour se soulager.

Paul revenait vers elle. S'efforçant de se ressaisir, elle lui emboîta le pas. Après avoir traversé des terres plantées d'oliviers et de caroubiers, ils atteignirent la grotte où l'apôtre Jean avait reçu ses visions de l'Apocalypse.

Ils se rendirent ensuite au monastère qui impressionna bien davantage Tina avec ses fresques magnifiques, ses icônes et son Trésor composé de croix, de mitres, de calices et de prodigieux manuscrits.

Paul l'entraîna ensuite sur la terrasse. Là, dans la clarté du matin, s'offrait une vie merveilleuse. Des îles se détachaient de tous côtés sur l'azur de la mer.

— C'est splendide ! s'exclama Tina qui avait un peu retrouvé ses esprits grâce à l'atmosphère paisible du monastère. Je n'ai jamais rien vu d'aussi beau.

Son mari semblait partager son enthousiasme.

— Venez-vous souvent à Patmos ? s'enquit-elle.

— Environ quatre fois par an.

— Serai-je toujours obligée de vous accompagner ?

Oubliant le panorama grandiose qu'elle avait sous les yeux, elle ne voyait plus que le problème susceptible de lui empoisonner la vie. Elle s'affolait à l'idée de devoir rencontrer sa belle-mère quatre fois chaque année.

— Vous ne m'accompagnerez que si vous le désirez, ma chère, déclara Paul.

Tina l'examina à la dérobée, surprise par une attitude aussi conciliante.

— Votre mère ne m'aime pas, vous savez.

— Dans ce cas, Tina, vous ne reviendrez pas.

— Jamais ?

Curieusement, cette perspective lui serrait le cœur.

— Cela dépendra de vous. Vous ferez ce que vous désirerez faire.

— C'est gentil de votre part, murmura-t-elle.

— Non, pas gentil, Tina, mais simplement raisonnable. Si vous ne vous entendez pas avec ma mère, il n'y a pas d'autre solution.

— C'est dommage.

Paul considéra attentivement sa femme.

— Avez-vous des regrets ?

— Bien sûr, expliqua-t-elle. J'aurais voulu plaire à ma belle-mère, c'est normal. Je me sentirai exclue chaque fois que vous lui rendrez visite.

— Il ne faut pas. Vous connaissez l'aversion de ma mère pour les Anglais. Elle est incapable de la surmonter. Mon mariage la contrarie. Tout en sachant qu'elle ne pouvait influencer mon choix, elle ne s'est pas privée de me dire combien elle était mécontente de notre union.

— Au moins, vous ne cherchez pas à embellir la vérité, remarqua-t-elle.

— A quoi bon ? Vous êtes intelligente. Vous avez sûrement compris que ma mère ne pensait pas les paroles de bienvenue qu'elle vous a dites.

Il s'interrompit et le silence s'installa entre eux. Tina était trop préoccupée pour parler. Son regard errait distraitement sur le paysage.

— La réaction de ma mère me déçoit mais ne me surprend pas, poursuivit finalement Paul. Nous n'avons jamais été très proches l'un de l'autre. C'est une femme étrange. Je crains qu'elle ne se retrouve très isolée. A mon avis, ma tante ne sortira pas vivante de l'hôpital. Elle est gravement malade.

— Quel âge à votre mère, Paul ?

— Soixante-douze ans.

— Soixante-douze ans ! Elle ne pourra pas toujours se débrouiller seule. Que va-t-elle devenir après la mort de sa sœur ? Viendra-t-elle chez nous ?

Paul étudia longuement l'expression de Tina avant de lancer :

— Accepteriez-vous sa présence ?

— Je pense que je m'y habituerais, déclara-t-elle après un instant de réflexion. Il s'agit de votre mère, je ne peux pas m'opposer à sa venue.

— Mais si Tina ! affirma Paul avec vivacité. Vous avez le droit de défendre votre foyer et votre vie.

— Je ne pourrais pourtant pas la savoir abandonnée dans un hospice, murmura la jeune femme.

Paul poussa un soupir trahissant ses soucis. Elle le comprenait. En Grèce, les gens âgés étaient toujours gardés et chéris dans leurs familles.

— Nous n'avons qu'à attendre, décida Paul. Nous verrons bien tout d'abord ce qu'il adviendra de ma tante. Et puis, de toute façon, tant que ma mère ne sera pas impotente, elle préférera son indépendance.

Il paraissait désireux de clore ce sujet et Tina enchaîna sur autre chose. Elle réitéra son admiration pour le panorama qui s'était métamorphosé en quelques minutes. Des nuages avaient envahi le ciel et une brume blanche s'élevait de la mer, la voilant de mystère.

— Nous ferions mieux de rentrer, annonça-t-il en s'emparant d'une manière autoritaire du bras de sa femme. Il va pleuvoir.

Tina réfléchit sur le chemin du retour. Elle se demanda comment Paul aurait réagi si elle lui avait rapporté le comportement de sa mère pendant son absence. Elle ne doutait pas qu'il en aurait été contrarié et elle ne se souciait guère de susciter sa déception. Une seule chose l'intéressait : savoir si oui ou non Paul l'avait épousée pour se venger de Dora. Mais même pour obtenir cette information capitale, elle se refusait à lui raconter la terrible scène qui l'avait dressée contre Mme Christos. Elle aimait trop son mari. Elle préférait oublier tout ce qui risquait de compromettre leur bonheur. Des ombres planaient sur l'avenir, elle le savait. Par exemple, la peur incontrôlable que lui avait inspirée Paul ce matin ressurgirait un jour ou l'autre, elle en était persuadée... Alors il fallait profiter du présent, en tirer le maximum de joie.

Toutes ces considérations s'envolèrent à l'instant où Paul lui prit la main, et une vague d'allégresse la submergea. Levant les yeux, elle contempla son profil fier et séduisant, en retirant un merveilleux sentiment de plénitude. Que la vie était belle en cette précieuse minute !

Il tourna la tête et ils se sourirent. Personne n'était en vue dans l'oliveraie. Tina se serra doucement contre son mari et murmura :

— Embrassez-moi, Paul.

Il sembla un peu surpris mais il s'arrêta, l'attira contre lui, et lui donna un long et tendre baiser.

7

Trois jours plus tard, Paul et Tina retournaient en Crète. Durant les deux semaines qui suivirent, Paul resta chez lui. Il travailla dans un petit pavillon édifié à quelque distance de la villa. La construction, bien isolée du reste de la propriété par de hautes haies, constituait son domaine, et Tina ne s'y serait jamais aventurée d'elle-même. Certes, son mari lui avait fait visiter les lieux. Elle était restée sans voix devant l'aménagement luxueux d'une vaste pièce aux murs couverts de livres et de tableaux de maîtres. Au centre trônait un immense bureau aux garnitures en cuivre. La moquette était moelleuse et son superbe coloris turquoise s'harmonisait parfaitement à la teinte des rideaux. Outre les volets, les deux immenses fenêtres étaient équipées de stores. Toutefois, grâce aux merveilles de l'air conditionné, Paul n'était pas obligé de les baisser, même au plus chaud de l'été.

— Quel endroit magnifique! s'était écrié Tina. Je comprends que vous aimiez être ici. Je me demande comment vous avez le courage de quitter ce paradis quand vos affaires vous appellent à Athènes.

En souriant, Paul lui avait rappelé qu'ils ne se seraient jamais connus, s'il ne s'était pas rendu dans la capitale grecque.

Leur rencontre paraissait à présent bien lointaine à

Tina. Tout en se promenant dans le jardin à proximité du pavillon, elle laissa des images de cette première entrevue avec Paul remonter du fond de sa mémoire. Soudain, il sortit de son repaire et elle rougit légèrement car il la surprenait au beau milieu de son pélerinage dans le passé. Il semblait, quant à lui, étonné de la trouver là.

— Cherchez-vous quelqu'un ? plaisanta-t-il en lui prenant la main.

— Je flânais, murmura-t-elle.

— Est-ce que vous vous ennuyez ?

Elle secoua la tête.

— Pas du tout. Je ne sais pas pourquoi je me suis arrêtée ici. Ce n'est pas par ennui, en tout cas.

— J'ai fini mon travail pour aujourd'hui, annonça Paul. Nous déjeunerons tôt et nous irons ensuite à Knossos.

Enchantée par cette nouvelle, Tina s'écria :

— Quelle bonne idée !

Paul l'avait déjà emmenée une fois à Knossos, mais en pleine saison touristique. Il lui avait promis d'y retourner un jour où ils auraient le site pour eux seuls.

Durant le trajet, Tina se passionna comme toujours pour le spectacle que lui offrait la Crète. Elle ne se lassait pas d'observer ces femmes vêtues de noir qui gardaient des chèvres et des moutons. D'autres travaillaient dans les champs où conduisaient des ânes chargés de bois ou de légumes qui semblaient parfois ployer sous un poids excessif. Et pendant que leurs épouses vaquaient à toutes ces tâches, les hommes se prélassaient dans les cafés, une cigarette aux lèvres. Exprimant tout haut ses pensées, Tina déclara :

— Les femmes grecques doivent être bien malheureuses.

— Détrompez-vous, objecta Paul avec un sourire amusé. Elles sont contentes de leur sort.

— Cela m'étonnerait.

— Elles ne connaissent pas autre chose.

— Les plus âgées peut-être, mais les jeunes doivent bien savoir que les hommes ne traitent pas partout leurs compagnes ainsi.

— Les femmes ont besoin d'un maître, affirma Paul avec une calme assurance qui piqua Tina au vif.

— Qu'en savez-vous? lança-t-elle. Vous êtes bien présomptueux, Paul... comme tous les Grecs!

— Honnêtement, n'êtes-vous pas plus heureuse depuis que vous avez un maître? s'enquit-il en détachant un instant son regard de la route pour le poser sur elle.

L'irritation de la jeune femme se transforma cette fois en indignation.

— Je ne vous considère pas comme mon maître, annonça-t-elle avec raideur.

— C'est une erreur car je le suis. La nature a voulu que les hommes dominent les femmes.

Son intonation paisible fit frémir Tina de colère.

— Balivernes! s'écria-t-elle.

Eprouvant de grandes difficultés à se contenir, elle se détourna et s'absorba dans la contemplation du paysage par la vitre de la voiture. Le véhicule traversait un nouveau village. Sous des arcades s'alignaient de minuscules boutiques. Dans l'une, un barbier rasait un jeune homme sous l'œil attentif de son aide. Dans le restaurant voisin, un Grec à la peau sombre s'affairait au-dessus d'un gril.

Paul reprit enfin la parole, rompant le silence pesant. Les vignobles qui s'étendaient à présent autour d'eux lui appartenaient, expliqua-t-il. Des oliveraies leur succédèrent, dont il était aussi le propriétaire.

— J'ai hérité de ces vignes, ajouta-t-il, mais je n'en tire pas de vin. Je me contente de vendre le raisin.

Tina connaissait les activités de son mari. Il était armateur et producteur d'olives. Ses affaires semblaient toutefois toucher d'autres domaines. Il possédait par exemple deux hôtels, l'un sur l'île de Chios, l'autre à Skiathos.

— Voici la vallée de Knossos, lui annonça-t-il soudain. C'est l'une des plus fertiles de toute la Grèce.

Le palais de Knossos, dont la découverte constituait en elle-même une longue histoire, attirait chaque année des milliers de touristes en Crète. Tina le préférait même aux ruines de Delphes qui occupaient pourtant un site extraordinaire. Ici, le passé avait laissé des vestiges étonnants. Restauré par l'archéologue Evans, le palais possédait encore des fresques et le trône sur lequel s'était assis le roi Minos.

Malgré la saison, deux groupes de touristes conduits par des guides s'y promenaient. Paul esquissa une grimace.

— On se croirait sur l'Acropole d'Athènes. Il n'y a pas moyen d'être seul.

— Ce n'est pas grave, assura Tina.

Elle écoutait l'un des guides, une femme d'une quarantaine d'années, qui évoquait les différentes constructions et destructions du palais.

— Venez, décida Paul en s'emparant de son bras. Je peux vous en raconter autant qu'elle sur ces lieux.

Il l'entraîna dans un couloir dont les murs présentaient d'innombrables personnes debout devant une déesse en robe blanche.

Ils arrivèrent ensuite dans la cour centrale que les rayons de soleil plongeaient dans une ambiance dorée. Tina contempla les colonnes rouges et noires, les gigantesques vases ocre roux, le sol où des parcelles de mica scintillaient comme des étoiles.

Paul reprit ses commentaires, d'une voix harmonieuse, et elle se laissa bercer par les sons à la fois graves et chantants. Le suivant pas à pas, elle admira les fleurs, les poissons et les oiseaux qui ornaient les murs. Des princes et des princesses aux tailles de guêpes portaient des colliers de lis et des ceintures en métal. Leurs longues boucles noires tombaient sur leurs bustes nus.

Paul et Tina continuèrent leur exploration, changeant de route quand le hasard les replaçait sur le chemin des autres visiteurs.

Descendant pour explorer d'autres pièces, ils empruntèrent tant de couloirs et de passages que Tina comprit pourquoi on avait rapproché ce palais du célèbre labyrinthe où, sans l'aide d'Ariane, Thésée se serait perdu. Lorsqu'elle pénétra dans la salle du trône, des touristes s'amusaient à s'asseoir sur le siège d'albâtre du roi Minos. Ils paraissaient un peu intimidés, mais sans doute désiraient-ils pouvoir se vanter en rentrant chez eux d'avoir un instant occupé la place d'un souverain de l'Antiquité.

— Voulez-vous vous y asseoir aussi ? demanda Paul à Tina sur le ton de la plaisanterie.

Elle secoua aussitôt la tête.

— Non, je préfère ne pas me ridiculiser, répondit-elle.

Un peu plus tard, ils se rendirent dans les appartements de la reine, et Tina apprit avec étonnement de quel confort elle disposait en des temps aussi reculés.

Pour quitter le palais, Paul et sa femme prirent une petite voie tranquille qui avait été naguère la route principale d'une cité bourdonnante d'activité.

— Il y a si longtemps... murmura Tina pour elle-même. Dire que cette merveilleuse civilisation s'est épanouie avant la naissance du Christ !

— En effet, déclara Paul, n'oubliez pas que la Grèce connaissait déjà des cultures très développées alors que la plus totale ignorance régnait encore dans d'autres parties du monde.

Tina hocha la tête. Elle ne pouvait s'empêcher de rêver. Comme elle aurait aimé accomplir un voyage dans le passé et vivre un jour, seulement un jour, avec ses gens qui la fascinaient !

Il était cinq heures quand ils retournèrent à leur voiture. Tina suivit le vol d'un oiseau de proie qui décrivait des cercles dans le ciel, puis les manœuvres d'un grand lézard vert attirèrent son attention. Il tentait d'attraper un insecte. Malgré la vivacité de ses déplacements, celui-ci semblait se jouer facilement de sa dangereuse langue fourchue. Lorsque le lézard abandonna la partie et s'immobilisa sur un rocher, la tête levée, le regard fixe, Tina eut un sourire ravi.

Paul la considéra avec un léger amusement et déclara :

— Cet insecte-là lui a échappé, mais un autre mourra. Le lézard doit manger.

Tina se détourna en poussant un soupir. Paul l'aida à monter dans la voiture, puis gagna sa place à son tour.

— Je connais un endroit charmant pour prendre le thé, annonça-t-il.

Il s'agissait d'une jolie villa, un peu à l'écart de la route parmi des citronniers. Le jeune couple qui tenait le café était marié depuis un an. Blonde et fine, Leda faisait l'orgueil de son mari, un homme à la peau et à la chevelure sombres, originaire du Nord de l'île. Leda parlait anglais, ce qui constituait un atout dans sa profession. Elle et son mari s'étaient si bien débrouillés qu'ils songeaient déjà à agrandir la villa dont une seule pièce était pour le moment ouverte au public.

La jeune femme accueillit Tina en lui offrant une rose.

— Soyez la bienvenue dans notre *cafenion*, madame Paul. Nous avons appris que vous vous êtes marié, monsieur Paul.

— C'est exact, Leda. Ma vie de célibataire est terminée.

— Parfait ! approuva le maître des lieux. Maintenant, vous allez avoir beaucoup de beaux garçons.

Tina rougit et un soupir lui échappa. Décidément,

tous ces Grecs étaient bien impatients de la voir attendre un enfant.

Leda et Costalis, son époux, disparurent, mais elle put les entendre parler en grec dans la cuisine. Divers bruits de vaisselle accompagnaient leur travail. Les habitants de ce pays ne faisaient jamais rien en silence, Tina l'avait déjà remarqué. Avec sa réserve et sa dignité, Paul constituait une exception. En dehors de circonstances bien particulières, il n'élevait pas la voix.

La table se couvrit soudain de pain, de fromage, de biscuits, de pâtisseries sucrées et de fruits. Tina reçut un thé tandis que Paul buvait un café turc servi dans une toute petite tasse. La radio jouait un air lancinant qui se mêlait au parfum entêtant des citrons.

Après ce délicieux goûter, Paul et Tina se promenèrent dans le jardin. Ils dépassèrent un groupe d'arbres de Judée, puis des lauriers-roses croulants sous les fleurs. Cet endroit constituait un charmant havre de paix, songea Tina.

Pendant que Paul payait Costalis, elle bavarda avec Leda. Celle-ci lui expliqua pourquoi Costalis et elle avaient pu se marier si jeunes. Leda avait la chance d'être la seule fille d'une famille comptant cinq garçons. Ses frères n'avaient pas eu de mal à réunir rapidement l'argent de sa dot.

Plus tard, Tina demanda à Paul si les hommes étaient toujours contraints à ce devoir envers leurs sœurs et il lui répondit par l'affirmative. Il s'agissait d'un usage répandu dans toute la Grèce ainsi qu'à Chypre.

— Les garçons n'ont pas le droit de se marier avant que toutes leurs sœurs le soient, expliqua-t-il. Vous voyez, les femmes ne sont pas tellement à plaindre.

Tina fronça les sourcils.

— Cela veut-il dire que même si un homme est amoureux, il doit attendre pour épouser celle qu'il aime ?

— Exactement.

— Et s'il y a un seul garçon pour cinq ou six filles ? s'inquiéta Tina.

— Il aide son père à économiser les sommes nécéssaires pour leurs dots. Toutes ses sœurs doivent se marier avant lui.

— Mais c'est ridicule et injuste ! protesta-t-elle.

— C'est ainsi. Certains hommes s'enfuient en Angleterre, en France, ou même en Australie pour échapper à cette obligation. Une maison comme celle de Leda et de Costalis coûte une vraie fortune de nos jours.

Les questions se bousculaient dans l'esprit de Tina qui découvrait ces conceptions avec un vif étonnement.

— Que se passe-t-il lorsqu'une famille compte une dizaine de filles et aucun garçon ? interrogea-t-elle encore.

Paul éclata de rire.

— Par bonheur, cela arrive rarement. Mais j'ai entendu parler d'un fermier qui avait sept filles. Il a fini par se résigner à les garder toutes à sa charge jusqu'à sa mort.

— Aucun homme ne s'est intéressé à elles ? s'enquit Tina, très intriguée.

— Oh si, certainement, mais on n'épouse pas une femme sans dot en Grèce.

— C'est de la folie !

— Tout le monde le sait.

— Alors pourquoi n'abolit-on pas cet usage ?

— Parce qu'il remonte à très loin. On ne se débarrasse pas facilement d'une pratique lorsqu'elle est profondément ancrée. Dès qu'une fille naît, ses parents commencent à s'occuper de sa dot. Les tantes, les cousines, la grand-mère — en un mot, toutes les femmes de la famille — se mettent à préparer du linge de table, à broder des couvre-lits et à confectionner toutes sortes de choses. On range ces diverses affaires dans une commode d'où elles ne sortent que le jour du mariage. Le père se charge du reste de la dot qui est composé d'ordinaire d'une maison, d'argent ou d'animaux.

— Je trouve cette coutume grotesque ! lança Tina.

— Nous assisterons bientôt à un mariage, annonça Paul. Vous pourrez voir les merveilles qu'on a accumulées pour la mariée dès son plus jeune âge.

— De quel mariage s'agit-il ? s'enquit-elle.

— Celui de la cousine de Julia. Elle a travaillé chez moi en tant que femme de ménage. La cérémonie a lieu à la fin du mois prochain et elle nous a naturellement invités.

— Est-ce la coutume pour une servante d'inviter son maître ? demanda Tina avec une pointe d'ironie.

— Mais oui, ma chère, répondit-il en souriant. Ici, en Crète, nous partageons vos idées sur l'égalité, qu'allez-vous vous imaginer ?

Elle considéra son mari d'un air perplexe. Par moments, il paraissait terriblement conscient de sa supériorité, il se montrait très arrogant et sûr de lui, et maintenant, il lui déclarait qu'il était prêt à assister en toute simplicité au mariage de l'une de ses domestiques. Cet homme représentait une véritable énigme. Parviendrait-elle à le comprendre un jour ?

Ils remontèrent en voiture et prirent le chemin du retour. Comme toujours lorsqu'elle passait le haut portail et s'engageait dans l'allée bordée d'arbres qui menait à la villa, Tina éprouva un sentiment de joie et de fierté. Deux jardiniers penchés sur des parterres de fleurs se redressèrent et les saluèrent. Quand le véhicule s'arrêta devant le perron, Stavros apparut et remplaça son maître au volant pour conduire la voiture jusqu'au garage.

— Je vous remercie pour cette excellente après-midi, Paul, déclara Tina en levant vers lui un visage rayonnant.

Elle avait apprécié ces heures où elle s'était sentie proche de lui.

— Tout le plaisir a été pour moi, répliqua-t-il gentiment.

Elle le quitta avec un sourire et gagna leur chambre. Après avoir pris un bain, elle mit une robe longue en mousseline bleu azur, accompagnée d'une charmante étole de plumes. Comme Paul pénétrait dans la pièce, elle le pria de l'aider à remonter sa fermeture Eclair.

— Je vous obéis, ma chère... mais je préfèrerais la descendre ! fit-il d'une voix aussi douce et envoûtante qu'une brise d'été soufflant sur un lac limpide.

Tina le regarda par-dessus son épaule, consciente de l'attirer violemment avec ses yeux brillants, ses lèvres entrouvertes, et le parfum étourdissant qu'elle venait juste de répandre sur elle.

Elle frémit lorsqu'il glissa la main dans l'ouverture de la robe. De l'autre main, il lui tourna la tête et s'empara de sa bouche avec une ardeur primitive et sensuelle.

— Tina... chuchota-t-il d'une voix rauque. Tina, jamais je n'ai ressenti un tel désir pour une femme !

Elle se serra contre lui, le troublant encore davantage en lui faisant sentir les battements précipités de son cœur. Il l'embrassa de nouveau, devenant possessif, exigeant, la réduisant par le feu de son baiser à l'état d'esclave soumise et consentante.

« Je vous aime, Paul », pensa-t-elle sans oser le dire.

Il détacha l'étole qui tomba sur le sol, puis la robe la suivit. L'instant d'après, Tina se retrouvait dans les bras de son mari. Il éveilla en elle un trouble si vertigineux qu'elle posa finalement la tête sur son épaule en un geste de total abandon.

Plus tard, il lui murmura à l'oreille avec une pointe d'insolence et d'amusement :

— Pouvez-vous encore prétendre que je ne suis pas votre maître ?

Tina reposait contre lui, silencieuse et paisible, tressaillant encore de bonheur au contact de son corps. Il insista doucement :

— Répondez-moi, Tina.

Elle remua légèrement et cacha son visage contre sa large poitrine. Mais, s'emparant d'une mèche de cheveux, il lui tira la tête en arrière et la regarda droit dans les yeux.

— Peut-être faut-il que je vous secoue un peu pour obtenir une réponse ?

Son intonation était toujours douce, même tendre. Cependant, un discret avertissement la teintait de fermeté. Paul attendait un aveu. Son orgueil d'homme ne pouvait pas s'en passer.

Tina déclara docilement, mais en pesant ses mots :

— Non, Paul, je... je ne prétends plus que vous n'êtes pas... mon maître.

Il voulait en entendre davantage :

— Etes-vous heureuse que je sois votre maître ?

— Oui, très heureuse.

A ces paroles, il émit un rire satisfait de vainqueur. Se comportant d'une manière typiquement grecque, il se plaisait à dominer son épouse. Tina en concevrait sans doute de l'irritation plus tard mais pour le moment, seule comptait son exquise sensation de bien-être. Elle se rapprocha de nouveau de Paul et se blottit contre lui, en priant pour ne pas être dérangée trop vite par le coup de gong qui annonçait le dîner.

8

Les somptueuses couleurs de l'aube envahirent le ciel grec. Tina quitta le lit, enfila un négligé, et contempla avec tendresse l'homme qui dormait, sa tête noire reposant sur un oreiller blanc comme neige. Dans le sommeil, ses traits retrouvaient leur innocence enfantine. Les années semblaient abolies.

Elle ne résista pas au désir de se pencher pour effleurer ses lèvres d'un baiser. Il bougea, murmura quelques mots indistincts et se calma à nouveau. Elle s'éloigna, émue.

Les rideaux étaient légèrement entrouverts. Elle actionna le cordon de soie pour les tirer complètement. Un soupir émerveillé lui échappa. Quelle matinée splendide ! Elle songea au commencement du monde, aux fantastiques journées de la création. Le ciel jaune, ambre et doré rejoignait à l'horizon une mer gris perle. Le soleil flamboyant s'élevait majestueusement au-dessus de la terre. Les teintes se purifiaient et s'intensifiaient à vue d'œil. Un ruban de lumière aveuglante souligna le contour des collines et, au fond d'une petite vallée, une église d'une blancheur éblouissante se détacha sur les verts et les bruns profonds de la nature.

— Etes-vous levée ?

En entendant la voix de son mari, Tina se retourna et lui adressa un sourire.

— Oui, et c'est magnifique, murmura-t-elle.

— Qu'est-ce qui est magnifique ? demanda-t-il en se redressant dans le lit et en se frottant les yeux.

— Vous, avec vos cheveux ébouriffés ! plaisanta-t-elle.

— Apportez-moi un peigne, ordonna-t-il. La première chose que l'on doit faire le matin est de se coiffer.

Tina chercha l'objet demandé et s'approcha du lit. Aussitôt, Paul saisit son poignet et l'attira contre lui.

— C'était un prétexte pour m'emparer de vous, fit-il avec un sourire irrésistible. D'ailleurs, quand vous êtes décoiffée, je vous trouve encore plus adorable.

Passant et repassant affectueusement la main dans la chevelure de Tina, il en accrut encore le désordre. La tête sur sa poitrine, elle l'interrogea :

— Avez-vous du travail aujourd'hui ?

— Oui, hélas, et pour toute la journée.

— Voyez-vous un inconvénient à ce que j'aille à Iraklion dans ces conditions ? demanda-t-elle. Je voudrais faire quelques courses.

— Pourquoi y verrais-je un inconvénient ? répliqua-t-il en fronçant les sourcils. Quelle drôle de question !

— Je préférais vous la poser, déclara-t-elle.

Elle partit tout de suite après le petit déjeuner et prit plaisir à conduire elle-même la voiture. Se garant sur la place Cornarou, elle gagna tranquillement les magasins à pied. La ville débordait de vie. Les gens et les véhicules s'y pressaient, entretenant un vacarme qui surprenait Tina après la paix de sa maison. Ce changement l'enchanta et elle s'intéressa aux spectacles qui s'offraient à elle. Des jeunes femmes en robes courtes et souliers à hauts talons contrastaient avec leurs aînées aux vêtements de couleur sombre qui avançaient plus lentement, le regard morne, les paupières mi-closes, comme si elles étaient lasses de l'existence et de ses tracas.

Elle fut frappée de voir sur un trottoir un couple très moderne, élégant, qui voisinait avec un berger en costume traditionnel accompagné de son épouse. Celle-ci portait des habits gris qu'elle avait sûrement confectionnés elle-même, et suivait respectueusement l'homme en restant à quelques pas derrière lui. Le cœur de Tina se serra. Quelle vie menait cette femme ? Elle avait sans doute mis au monde de nombreux enfants, et elle avait servi son mari comme une esclave.

Sujette à un soudain accès de tristesse, Tina décida d'entrer dans le salon d'un hôtel pour prendre un café. Elle venait juste de demander sa boisson quand une voix doucereuse s'éleva près d'elle, amenant une ride de contrariété sur son front.

— Il était écrit que nous nous rencontrerions de nouveau...

Le regard de Dora brillait d'un éclat hostile, presque meurtrier, mais elle sollicita avec une extrême politesse la permission de s'asseoir à la table de Tina.

N'ayant pas le choix, celle-ci acquiesça d'un hochement de tête. Elle regrettait amèrement d'être entrée dans cet établissement alors qu'il en existait tant d'autres à Iraklion.

— Je vous en prie.

La jeune femme s'installa en face d'elle et frappa dans ses mains pour attirer l'attention du serveur. Après avoir fait sa commande, elle se carra dans son fauteuil et dévisagea Tina.

— Paul n'est pas avec vous ?

— Non, il a du travail.

Tina n'éprouvait pas le moindre désir de se montrer aimable envers Dora Vassilou. Elle ne pouvait pas pour autant se permettre de se conduire d'une manière franchement désagréable.

— Que Paul se soit marié avec vous m'intrigue, annonça la jeune femme, s'exprimant sans détours. Nous étions presque arrivés à un arrangement lui et moi. Et soudain il est parti pour l'Angleterre pour affaires et...

La fin de la phrase se noya dans un silence chargé d'amertume. La lueur meurtrière réapparut dans les yeux noirs, bordés de longs cils. Dora alliait le charme à la beauté, reconnut Tina en examinant le grand front, la peau parfaite, les traits harmonieux et les cheveux noirs qui tombaient sur les épaules comme un rideau de soie.

— Je comprends que Paul se soit intéressé à vous, poursuivit la jeune Grecque. Il s'est d'ailleurs acquis une certaine réputation à force de faire la cour à toutes les jolies créatures qui se sont trouvées sur son passage. Mais je ne comprends pas pourquoi il vous a proposé le mariage.

Elle s'interrompit de nouveau, mais Tina s'abstint naturellement de faire le moindre commentaire. Sa séduisante rivale pouvait continuer à discourir tout son saoul, elle ne parviendrait pas cette fois à attirer Tina dans un piège. Non, cette fois, la scène ne se terminerait pas sur un éclat.

— Il m'en veut, ajouta Dora, inlassable, parlant si bas qu'elle semblait se raconter une histoire à elle-même. Un jour, il m'a dit qu'il allait me punir. Mais de là à épouser une Anglaise, alors qu'il sait combien sa mère déteste ce peuple-là !

Elle se tut encore. Tina gardait un silence obstiné, la condamnant à reprendre :

— Si encore il vous avait demandé de devenir sa maîtresse...

Dora détacha ses yeux de la rangée de plantes vertes qu'elle contemplait distraitement et les posa sur Tina. Juste à ce moment, sous l'effet de ses paroles, celle-ci s'empourpra. Dora l'étudia longuement, analysant son expression et, à son grand désespoir, Tina sentit qu'elle était sur la bonne voie.

— Sa maîtresse, mais oui... fit-elle sur un ton songeur. Cela ressemblerait plus à Paul de vous avoir demandé de devenir sa maîtresse et rien de plus...

Ce « rien de plus » mit le feu aux poudres et, incapable de se contenir davantage, le visage encore plus rouge, mais de colère à présent, Tina s'écria :

— Comment osez-vous prétendre que Paul souhaitait faire de moi sa... maîtresse ?

— Ne soyez pas hypocrite, rétorqua sèchement Dora. Le mot « maîtresse » ne vous écorchera pas les lèvres. Je suis sûre que vous l'avez déjà entendu auparavant. D'ailleurs votre mine vous trahit. Paul a certainement commencé par vous faire cette proposition.

Il ne s'agissait pas d'une question mais d'une affirmation, et Tina ne tenta pas de nier. Ses pensées s'enlisaient dans un tissu de contradictions. Paul avait probablement laissé espérer le mariage à Dora. Et celle-ci avait attendu, en faisant preuve de patience, qu'il fût fatigué de sa vie de célibataire. Quelle réputation il avait ! Dora le connaissait sans doute mieux que Tina. Mais celle-ci pouvait-elle accorder à son mari une confiance aveugle ? Elle était persuadée qu'il ne la tromperait pas...

En était-elle vraiment persuadée ?

Comme ces doutes subits la blessaient ! Avec eux renaissaient la crainte que lui inspirait Paul et la peur de l'avenir. Elle savait si peu de choses sur son mari, sur sa personnalité profonde, sur les particularités qu'il puisait dans son hérédité grecque. Depuis qu'elle avait rencontré sa mère, elle avait des raisons de redouter le pire. Quel étranger allait soudain surgir devant elle le jour où le fragile vernis de culture qui les rapprochait se craquellerait ? A cette idée, une véritable panique s'empara de Tina.

Et Dora, fière d'avoir réussi à la bouleverser, quoiqu'elle ne sût même pas à quel point, s'employa à consolider son avantage :

— Vous avez dû vous montrer très habile pour conduire Paul jusqu'au mariage.

Son intonation se transforma brusquement et elle s'exclama avec des tremblements dans la voix :

— Comme il a dû vous désirer pour en arriver là !

Eprouvant une étrange pitié pour la jeune femme, Tina réprima la réplique acerbe qui lui vint aux lèvres. Mais déjà, Dora se ressaisissait :

— Il ne vous sera jamais fidèle, ne vous faites pas d'illusions. Il passe d'une femme à l'autre. Moi, je m'y étais résignée. Ce comportement est dans sa nature...

Elle s'interrompit encore et considéra Tina d'un air mauvais.

— Vous devriez le connaître. Vous devriez savoir que beaucoup de femmes ont partagé son lit avant vous. Comment croyez-vous qu'il a acquis tant de raffinement dans l'amour ? Il a de l'expérience, une très grande expérience.

Plus Dora parlait, plus Tina rougissait. Elle aurait voulu s'insurger contre ces propos déplacés, contraindre son interlocutrice au silence mais, en même temps, curieusement, elle l'écoutait avec avidité. Peut-être allait-elle enfin apprendre quelque chose sur un mari qui restait si mystérieux pour elle.

Le serveur apporta le café de Dora. Après son départ, celle-ci reprit la parole.

— Avez-vous fait la connaissance de la mère de Paul ?

— Oui, il m'a emmenée lui rendre visite à Patmos.

— Elle souhaitait que Paul m'épouse, déclara Dora.

— Vous en avez eu la possibilité mais vous avez préféré vous marier avec un autre homme. Paul ne vous le pardonnera jamais. Il est trop orgueilleux.

— Il m'a pardonné ! s'écria la jeune femme. Il songeait à m'épouser... avant de partir en Angleterre et de vous rencontrer !

Les narines palpitantes de colère, Dora laissa tomber

si brutalement le sucre dans sa tasse que le liquide brun éclaboussa la nappe.

— A votre place, je m'inquiéterais, insista-t-elle perfidement. Paul vous a simplement épousée parce que vous refusiez de devenir sa maîtresse.

— Je ne veux plus parler de mon mari avec vous, déclara Tina, très froide.

— Vous n'ignorez pas qu'il a été mon amant?

Tina secoua la tête.

Non, elle ne l'ignorait pas et à cette pensée, une douleur aiguë, atroce, lui transperçait la poitrine. Il lui était intolérable d'imaginer Paul se comportant avec cette femme comme il se comportait maintenant avec elle, lui prodiguant des caresses jusqu'à l'extase. Mais pourquoi souffrait-elle tant? Paul possédait un important passé amoureux, elle l'avait toujours su. Hélas, le cas de Dora différait des autres car la jeune femme se trouvait en face d'elle et pouvait se vanter d'avoir été plus qu'une simple aventure pour Paul.

Tina se raccrocha à la première idée qui lui vint à l'esprit:

— J'ai entendu dire que les Grecs n'épousent jamais leur maîtresse.

— En principe non, mais en ce qui nous concerne, Paul et moi, c'est différent. Nous avons été très proches durant de nombreuses années... avant mon mariage, et de nouveau depuis que je suis veuve.

La voix de Dora ne trahit pas la moindre émotion. Elle évoquait son veuvage avec une totale insensibilité. Tina la jugea dure et pourtant, elle devina qu'elle éprouvait des sentiments pour Paul. Elle ne s'intéressait pas seulement à sa fortune.

— Que pensez-vous de la mère de Paul? s'enquit Dora. Je parie qu'elle ne vous a pas reçue à bras ouverts.

— Je vous ai dit que je ne voulais plus parler de mon mari avec vous. De mon mari ni de sa mère.

— Elle a très mal pris ce mariage, poursuivit Dora sans se soucier de la réflexion de Tina. A cause de vous, un fossé s'est creusé entre la mère et le fils, et c'est d'autant plus regrettable qu'il est son enfant unique. Elle a grand besoin de lui.

Où voulait-elle donc en venir ? Quel était son but ? Elle savait sûrement que Paul n'avait jamais été très lié à sa mère.

— Mme Christos ne m'aime guère, admit Tina, mais cela n'a rien changé à ses rapports avec son fils.

L'autre prit tranquillement sa tasse et termina son café.

— Paul me reviendra, j'en suis sûre, murmura-t-elle ensuite calmement.

Bien qu'elle n'eût pas élevé la voix, son incroyable assurance frappa Tina. Une onde de terreur la parcourut. Allait-elle perdre Paul ? La quitterait-il pour cette belle Grecque ?

— Il se serait contenté de faire de vous sa maîtresse, cela veut tout dire. Un jour, il se lassera de vous, vous vous y attendez certainement ?

Tina s'y attendait, évidemment, mais tout en nourrissant un secret espoir. D'ailleurs, Paul ne lui avait jamais présenté la triste vérité aussi crûment.

Elle reposa sa tasse et se prépara à partir. Dora continuait sur un ton fielleux :

— Il vous a épousée parce que c'était le seul moyen de vous obtenir. Je reconnais bien Paul ! Il ne recule devant rien pour avoir ce qu'il veut. Et je sais aussi qu'il n'hésitera à se débarrasser de vous lorsque ce mariage aura duré assez longtemps à son gré.

Appuyée contre le dossier de son siège, Tina étudia l'expression triomphante de Dora. Elle avait réussi à se convaincre que Tina ne constituait qu'un vulgaire objet de désir physique pour Paul, et elle n'avait hélas pas tort. Mais elle se montrait exagérément confiante. Elle attendait Paul comme si elle ne doutait pas qu'il lui revînt dans un futur proche.

Tina se leva enfin. Des larmes lui brûlaient les yeux. Dora avait tué en elle une fragile espérance.

Elle se l'avouait à présent. Elle s'était secrètement convaincue qu'elle réussirait finalement à éveiller de vrais sentiments d'amour chez son mari. Il s'agissait malheureusement d'un rêve qui ne se réaliserait jamais. Au mieux, elle parviendrait à le retenir longtemps par ses attraits physiques. Après les insinuations de Dora, elle ne croyait même plus beaucoup à cette possibilité. Le jour n'était peut-être pas très loin où Paul demanderait le divorce. Tina savait par sa tante que les formalités en étaient très simples en Grèce.

Elle fit un signe et le serveur s'approcha. Après l'avoir payé, elle adressa un bref salut à Dora qui n'avait pas bougé. Elle quitta ensuite l'hôtel en maudissant du fond du cœur le hasard qui y avait guidé ses pas.

Elle fut incapable de répondre au chaleureux accueil de Paul. Comme il voulait voir ses achats, elle lui montra comme un automate les chaussures, la jupe, le corsage et les mouchoirs brodés. L'esprit encore préoccupé par les déclarations de sa rivale, elle conservait un calme étrange. Dora avait de bonnes raisons de paraître sûre d'elle. L'avenir lui appartenait. Elle deviendrait la femme de Paul et la mère des fils que Mme Christos attendait avec impatience.

Bien plus tard, Paul se décida à questionner Tina, son intonation trahissant une légère inquiétude :

— Qu'y a-t-il, Tina ? Je vous trouve bizarre depuis votre retour.

— Rien, fit-elle d'une voix morne et imperceptiblement agressive. N'ai-je pas le droit d'avoir mes humeurs ?

Il prit un air étonné.

— Quelque chose ne va pas. Vous me semblez malheureuse. Parlez-moi.

— Je suis parfaitement heureuse ! lança-t-elle brutalement.

Sur ces paroles, elle l'abandonna et monta dans leur chambre. Au bout d'un quart d'heure, lasse de tourner en rond, elle redescendit et sortit dans le jardin. D'un pas décidé, elle s'éloigna de la villa et chercha la solitude et la tranquillité dans les collines. Elle avait pour seuls compagnons un âne, quelques chèvres et un lézard qui sommeillait sur un rocher chauffé par le soleil. Il prit la fuite lorsque Tina s'assit. Les pins parfumaient l'air tandis que caroubiers, oliviers et citronniers se balançaient doucement sous la brise. Le soleil déclinait lentement vers la cime des montagnes. Son disque jaune pâle, si différent de la boule de feu de l'été, se détachait sur la voûte d'azur infinie et uniforme du ciel.

Au bout d'un long moment, Tina se releva, à contre-cœur. L'idée de retourner à la villa lui déplaisait souverainement et elle ne s'engagea que par obligation sur le chemin du retour.

Que lui arrivait-il ? Elle n'avait pas envie de retrouver son mari. Comme si son cœur et son corps étaient morts, elle n'éprouvait plus rien à son égard. Elle se sentait incapable de dormir dans la même chambre que lui. Ces constatations la stupéfièrent soudain. Elle avait craint le moment où elle n'inspirerait plus le désir à Paul et le contraire se produisait. C'était elle qui, la première, ne voulait plus de lui.

Elle marcha lentement, tout à ses pensées. Elle essayait de se convaincre qu'il s'agissait d'un état passager. Elle n'allait pas tarder à redevenir elle-même.

La terrible vérité s'imposait hélas à elle avec une évidence croissante : Paul ne l'attirait plus... plus du tout.

Au dîner, elle parla à peine, ne répondant que par des

monosyllabes quand son mari lui posait des questions. Elle ne pouvait dissimuler une certaine hostilité et, à plusieurs reprises, elle le vit froncer les sourcils et pincer les lèvres. Une petite voix au fond de son esprit lui commanda de se montrer prudente, de mieux se contrôler, mais elle n'en tint pas compte. Les paroles de Mme Christos et de Dora la hantaient, ne lui laissant pas une minute de répit, entretenant son malaise.

Aimait-elle encore Paul ? Oui, tout au fond d'elle-même, sans aucun doute. Elle avait toujours su qu'il n'y aurait qu'un seul homme dans sa vie, et Paul était cet homme-là. Jusqu'à sa mort, elle le chérirait. Elle n'acceptait pas pour autant de devenir son esclave, l'objet entièrement soumis de ses passions. Elle se rappela en rougissant de honte qu'elle l'avait reconnu comme son maître... parce qu'il l'y avait obligée. Elle n'avait guère eu le choix, sachant qu'il était prêt à tout pour obtenir d'elle cet aveu. Et maintenant, ainsi qu'elle l'avait prévu, ce souvenir l'humiliait et l'emplissait de colère. Jamais plus, même en mettant à exécution les pires menaces, jamais plus il ne lui arracherait de telles paroles. Pour qui se prenait-il ? Pour un dieu ?

Le lendemain, elle fut réveillée comme tous les jours par le soleil. A la différence des autres matins cependant, Paul n'était pas allongé auprès d'elle. Il avait passé la nuit dans l'autre chambre afin, selon ses propres termes de lui « donner le temps de renoncer à ses caprices ». Il osait taxer son attitude de caprice ! Lorsque le soir précédent, après le dîner, elle avait exprimé sa fatigue et le désir de dormir seule, il l'avait d'abord considérée d'un air incrédule. Puis, promptement gagné par la fureur, il avait déclaré que la chambre leur appartenait à tous les deux et qu'il n'avait pas l'intention de passer la nuit ailleurs.

A la suite d'une violente dispute, il avait tout de même abandonné les lieux pour se retirer dans la pièce adjacente en claquant la porte. Effondrée sur le lit, Tina avait alors pleuré toutes les larmes de son corps. Son petit déjeuner fut solitaire ; Paul ayant pris le sien depuis longtemps, s'était déjà enfermé dans son bureau au fond du jardin. Que faire ? Tina s'interrogeait anxieusement. L'avenir se présentait sous les couleurs sinistres... du divorce et de la solitude.

Le repas de midi les réunit, Paul et elle, mais chacun garda le silence. Il en alla de même lors du dîner et Tina monta se coucher tout de suite après. Bien plus tard, elle entendit son mari dans la chambre voisine, puis le calme retomba sur la maison.

Cette situation se prolongea une semaine entière. Ils n'échangèrent que quelques mots. Un soir toutefois, alors que Tina se préparait à quitter la table, Paul leva sur elle un regard à la fois sévère et provocant. Elle sut d'instinct que le dénouement de la crise approchait.

— Ne vous sauvez pas, fit-il d'une voix cinglante. Asseyez-vous... allez ! J'exige des explications !

Elle secoua la tête, incapable de prononcer une parole. Elle répugnait à rapporter à Paul les propos de sa mère ou sa rencontre avec Dora. Dans cette impasse, elle ne voyait qu'une solution : inventer vite une raison pour justifier le comportement qu'elle avait adopté depuis son retour d'Iraklion.

Négligeant de s'asseoir de nouveau malgré l'insistance impérieuse de Paul, elle lui fit face, les traits figés en un masque pâle.

— Paul, je regrette de vous avoir épousé. Sachant que vous ne m'aimez pas, je n'aurais pas dû. Le bon sens le plus élémentaire déconseille ce genre d'union.

Il y eut un lourd silence. Les yeux écarquillés, Paul la considéra longuement. Il semblait avoir reçu un coup de poing en plein visage.

— Ai-je bien entendu ? Vous regrettez de m'avoir épousé ? questionna-t-il enfin sur un ton dangereusement calme, de ce calme qui précède les tempêtes.

Sans l'ombre d'une hésitation, Tina confirma ses paroles en inclinant la tête. Son sang-froid l'étonnait elle-même.

— Oui, je regrette.

Certes, elle mentait, mais elle savait que cette union ne menait à rien. Elle aurait mille fois mieux fait de refuser de devenir sa femme, comme elle avait refusé de devenir sa maîtresse.

Les yeux gris prirent un éclat métallique et une expression menaçante se peignit sur le visage de Paul.

— Que s'est-il passé ? Qu'est-ce qui a subitement provoqué ces regrets ? lança-t-il, contenant difficilement son impatience et sa fureur.

— J'ai réfléchi, c'est tout.

Tina haussa les épaules avec une feinte désinvolture. Elle allait s'éloigner quand Paul s'empara de son poignet, lui arrachant un cri de douleur. Son cœur se mit à battre à toute allure et le sang bourdonna à ses tempes. Elle avait peur. Se contrôlant toutefois, elle espéra ne pas trahir la crainte que lui inspirait son mari.

— Vraiment, vous avez réfléchi ! railla-t-il cruellement en approchant son visage du sien. Eh bien je vous conseille de réfléchir encore ! Peut-être regrettez-vous de m'avoir épousé mais c'est fait. Vous êtes ma femme et je ne vous permettrai pas de l'oublier !

La rage le défigurait. Se souvenait-il en cet instant de l'amour que lui portait Tina ? A vrai dire, elle ne lui avait jamais avoué ses sentiments. Elle le jugeait seulement assez perspicace pour les avoir devinés. Mais peut-être ne se doutait-il pas de son profond attachement. Il pouvait croire lui aussi que, comme la sienne, la tendresse de Tina s'expliquait uniquement par le désir...

— Qu'est-ce que je ne dois pas oublier ? fit-elle sur un ton méprisant. Que je dois dormir dans le même lit que vous ?

Elle ne le souhaitait plus pourtant, malgré la terrible sensation d'abandon qui l'étreignait pendant les longues nuits sans Paul. Le souvenir de Dora la paralysait. Elle ne pouvait s'empêcher de penser que cette femme lui prendrait un jour son mari. Déjà, elle se dressait entre Tina et lui comme une barrière invisible.

Les doigts de Paul se resserrèrent sur son poignet. Elle pinça les lèvres pour étouffer un gémissement et il finit par la lâcher.

— Je ne vous reconnais pas, Tina, déclara-t-il sur un ton tout à fait différent tandis que la colère désertait son visage. J'ai l'impression que vous me cachez quelque chose.

Il la regarda droit dans les yeux et, frémissante, elle lui rendit ce regard. Durant le long silence qui se glissa entre eux, elle ne cessa de penser à Dora qui avait été la maîtresse de Paul et deviendrait à plus ou moins brève échéance son épouse.

— Je vous forcerai à me livrer votre secret. Une personne comme vous ne change pas du tout au tout sans motif en l'espace d'une matinée.

— Je n'ai pas changé en une matinée, protesta-t-elle. Je vous le répète, j'ai réfléchi, et j'en suis arrivée à la conclusion que je n'aurais pas dû vous épouser, sachant que vous ne m'aimez pas.

Elle continua à l'observer, à peine consciente de son fol espoir de l'entendre dissiper toutes ses craintes et son chagrin. Il aurait suffi à Paul de lui dire qu'il avait changé, qu'il n'était plus l'homme dépourvu de sentiments des débuts de leur mariage, que l'amour était entré dans son cœur. Il déclara hélas sur un ton sarcastique :

— Et qu'avez-vous l'intention de faire ? Demander le divorce... et une pension ?

Les beaux yeux de Tina s'enflammèrent d'indignation.

— Je ne vous ai pas épousé pour votre argent, vous le savez très bien !

— Je ne sais rien du tout et, pour être franc, je

commence à être persuadé que c'est ma fortune qui vous a attirée et rien d'autre.

Tina esquissa soudain un geste de lassitude. Elle était trop épuisée pour se soucier de ce qu'il pensait. Voulant néanmoins avoir le dernier mot, elle répliqua :

— Et même si c'était vrai, ma raison de me marier vaut bien la vôtre.

— Cependant, moi j'ai été honnête. Je vous ai dit pourquoi je désirais vous épouser.

— Eh bien moi, je vous ai cru assez intelligent pour deviner pourquoi j'ai accepté.

— Ainsi, vous admettez avoir été tentée par ma richesse ?

L'expression de Paul était redevenue menaçante.

Terrifiée, Tina songea : « Mon Dieu, il va me tuer ! » Elle répondit toutefois d'une voix étonnamment calme :

— Je n'admets rien, mais vous êtes libre de vos opinions !

Paul fit un pas vers elle et elle recula, frissonnante de dégoût à l'idée de le toucher. Cette réaction le rendit fou furieux. Fascinée, elle fixa son visage qui s'empourprait. Il poussa soudain un petit cri étouffé, comme une bête sauvage qui va se lancer sur sa proie.

Les jambes de Tina refusèrent de lui obéir. Elles semblaient se dérober sous elle. Paul se dirigeait lentement vers elle, les traits déformés par la colère. Le cœur de Tina cognait violemment dans sa poitrine. Brusquement, un regain d'énergie lui permit de gagner très vite la porte, de l'ouvrir, de sortir et de la claquer au nez de Paul. La peur lui donnait des ailes. Elle se précipita dans sa chambre et s'y enferma à clé. Tendant l'oreille, elle n'entendit que son cœur aux battements toujours aussi désordonnés. Paul était peut-être parti... chez Dora peut-être...

Minuit venait de sonner à la pendule quand des bruits dans la chambre voisine annoncèrent son arrivée. Il y était entré par la porte qui donnait sur le couloir. Aux sons, Tina devina qu'il marchait dans la pièce, puis qu'il prenait une douche. Inquiète, elle quitta son lit. Elle portait une chemise de nuit que Paul lui avait achetée à Athènes. C'était un vêtement romantique, plein de charme et de séduction, élégamment bordé de dentelle faite main. Tina l'avait trouvé sur le lit, préparé par Julia. Trop fatiguée pour chercher autre chose, elle l'avait mis, tout en jugeant qu'une tenue plus simple convenait mieux à la situation présente.

Elle se raidit soudain car la voix de son mari s'élevait derrière la porte de communication qu'elle avait pris soin de fermer à clé.

— Je viens, Tina.

Comme hypnotisée, elle regarda la poignée dorée qui s'abaissait. Paul étouffa un juron et lança :

— Ouvrez cette porte avant que je ne la fasse voler en éclats !

Tina humecta nerveusement ses lèvres. Une panique qui ne cessait de croître l'étranglait. Elle se crut sur le point de s'évanouir. Quand elle tenta de parler, un murmure rauque et inaudible sortit de sa gorge. La terreur la paralysait à présent. Le sentiment du danger la privait de toute faculté de raisonner. Elle ne songea même pas qu'elle pouvait s'enfuir par l'autre porte. Elle resta clouée sur place, résignée, suivant avec impuissance les tentatives de son mari pour enfoncer la porte. Au troisième essai, le panneau céda sous son regard effaré.

Paul apparut, blanc de rage, et s'immobilisa sur le seuil le temps de reprendre son souffle. Puis il avança et, comme il venait vers Tina, elle retrouva enfin ses esprits. Mais il était trop tard.

Elle courut vers l'autre porte, se battit un instant avec la clé. Paul la saisissait déjà violemment aux épaules, l'obligeant à se retourner avec une telle brutalité qu'elle cria.

— Je vais vous apprendre à m'interdire l'accès de notre chambre ! gronda-t-il.

Il approcha son visage du sien, si près qu'elle dut baisser les paupières pour échapper à son regard flamboyant, et il ajouta sur un ton menaçant :

— Et gardez-vous bien d'essayer d'alerter les domestiques... parce que je vous en empêcherai d'une manière dont vous vous souviendrez longtemps.

9

Tina se débattit avec une énergie dont elle ne se serait pas crue capable. Paul riait de ses efforts. Il l'observait avec une expression diabolique, la colère étincelant dans son regard assombri.

— Essayez donc de m'échapper ! railla-t-il. Cela me donnera l'occasion de vous prouver une fois de plus que je suis votre maître.

— Lâchez-moi ! cria-t-elle en s'agitant de plus belle en tous sens. Vous n'avez pas le droit de…

— Je vais vous montrer quels sont mes droits ! coupa-t-il, et il pencha la tête.

Tina n'eut même pas le temps de comprendre ce qui lui arrivait. Ses lèvres dures lui infligèrent un baiser aussi primitif que possessif. Il écrasa sa bouche, lui volant son souffle, l'obligeant à se soumettre. Ses bras l'enserraient comme dans un cercle d'acier, étouffant ses dernières résistances et elle se laissa finalement aller contre lui comme un mannequin sans vie, son corps terriblement meurtri et douloureux. Elle serait tombée s'il ne l'avait pas retenue quand il s'écarta d'elle. Les mains brunes et puissantes emprisonnaient fermement ses coudes. Les yeux à l'éclat redoutable scrutèrent son visage, puis descendirent, contemplant ses formes avec insolence. Un sourire à la fois admiratif et moqueur salua le port de la séduisante chemise de nuit.

— J'étais loin de penser, lorsque je vous l'ai achetée, que j'aurais un jour envie de vous l'arracher, lança-t-il en plissant la soyeuse étoffe entre ses doigts pour ramener Tina contre lui.

Le contact de sa main à travers le tissu mince électrisa Tina et elle lutta en vain pour éteindre la flamme de son désir. Paul était incontestablement son maître dans le domaine de la passion. Sans aucun scrupule, il glissait à présent sa main sous le vêtement, éprouvant Tina jusqu'à la limite de ses forces, en proie lui-même à une ardeur dévorante. Après de longues nuits de séparation, il ne pouvait plus se passer d'elle, elle le sentait.

Il la souleva soudain comme une plume, l'emporta dans ses bras à travers la pièce en éteignant la lumière au passage. L'obscurité tomba sur Tina en même temps qu'une profonde désolation. Si Paul l'avait aimée, elle se serait si volontiers abandonnée à lui... Hélas, il ne triomphait d'elle que par la force. Même si son corps consentait, elle s'opposait de toute son âme à ses instincts. Elle voulait être conquise par un homme aimant, tendre et respectueux.

La réalité se révélait malheureusement tout autre. Paul l'entraîna sans la moindre douceur sur le chemin brûlant du désir de l'extase, puis il l'ignora, ne lui offrant pas pour s'endormir le havre à la fois solide et doux de ses bras. Non, Paul ne connaissait que la domination, la violence impérieuse, acharnée à soumettre celle qui osait tenter de résister.

Tina resta longtemps les yeux grands ouverts dans le noir à réfléchir. Elle prenait des décisions pour les repousser un instant plus tard. Le désespoir était son lot. Elle n'apercevait pas la moindre solution pour sortir de cette impasse.

Le lendemain matin, elle apprit que le mariage auquel elle devait assister avec Paul aurait lieu quinze jours plus tard.

— Je ne veux pas y aller, déclara-t-elle à son mari qui prenait son petit déjeuner en face d'elle.

— Vous irez pourtant, répliqua-t-il sur un ton calme mais inflexible. Je me rends à Athènes vendredi prochain et vous pourrez m'accompagner afin de vous procurer une nouvelle robe pour l'occasion.

— Je n'ai pas envie d'aller à Athènes avec vous, Paul, dit-elle encore de la même voix morne mais butée.

— Vous viendrez *parce que je le veux,* annonça-t-il sans se départir de sa tranquillité.

Il se tut un instant, guettant peut-être une réaction de Tina. Comme elle gardait prudemment le silence, il ajouta :

— Je crois vous avoir dit que je comptais recevoir davantage maintenant que je suis marié. J'ai l'intention de donner une soirée pour mes associés pendant notre séjour à Athènes. Je compte sur vous pour que vous vous conduisiez comme une jeune mariée.

Elle lui décocha un regard furieux.

— Vous n'espérez tout de même pas que je vais me comporter comme si j'étais amoureuse de vous !

— Il faudra pourtant en donner l'impression, fit-il sans trahir la moindre émotion.

— C'est hors de question !

Il se leva brusquement et vint se placer près d'elle. Il était immense et terrifiant dans son pull-over noir. Ses yeux perçants brillaient de colère.

— Tina, je vous conseille de toujours vous rappeler que vous avez épousé un Grec. Je ne suis pas l'un de vos compatriotes assez fous pour considérer les femmes comme leurs égales.

Ces paroles amenèrent une expression de défi sur le visage de la jeune Anglaise. S'en apercevant, Paul la mit aussitôt en garde :

— Ne vous hasardez pas à m'affronter. Je vous préviens ; à la première faute, je vous punirai, impitoyablement.

Il avait osé prononcer ces mots sur un ton parfaitement neutre. Comme Tina détournait la tête, il lui prit le menton et l'obligea à le regarder.

— Je ne plaisante pas, écoutez-moi bien. La loi autorise les Grecs à châtier leurs épouses et je ne m'en priverai pas.

Il la relâcha et elle vit à la fixité menaçante de ses traits qu'il était tout à fait sérieux.

Elle quitta la table, monta dans leur chambre et pleura avec un total abandon. Son existence s'était transformée en cauchemar. Elle songea confusément qu'elle aurait peut-être pu éviter une mésentente aussi grave entre son mari et elle. Mais sa peur l'empêchait de raisonner et le comportement de Paul justifiait son état craintif, proche de la panique. Ce monstre de cruauté ne reculerait devant rien pour la réduire à l'obéissance. Un jour, prévoyait-elle, elle serait obligée de s'enfuir.

Peut-être devrait-elle partir tout de suite, avant de subir d'autres souffrances, morales ou physiques. Paul s'était montré violent la nuit dernière, et il venait à nouveau de lui imposer brutalement ses volontés.

Dans l'avion qui les mena à Athènes, ils n'échangèrent pas une parole. Certes, l'homme qui était chargé d'entretenir l'appartement de Paul avait tout préparé en vue de leur arrivée. Tina le connaissait déjà et le trouvait extrêmement antipathique. Il ne lui paraissait pas franc, et il la détaillait d'une manière obscène. Elle aurait aimé gifler son visage basané chaque fois qu'il se permettait de poser les yeux sur elle. Son irritation était d'autant plus vive que Paul semblait ne s'apercevoir de rien. S'il avait remarqué le manège de son employé, il l'aurait sans doute renvoyé.

Ils n'étaient installés dans l'appartement que depuis dix minutes quand Paul annonça :

— Je dois sortir tout de suite. Je serai de retour pour le dîner et nous irons au restaurant.

— Vous avez invité vos amis pour lundi ? s'enquit-elle.

Il acquiesça d'un hochement de tête.

— Ce ne sont pas à proprement parler des amis, mais des relations d'affaires.

— Combien seront-ils ? demanda la jeune femme.

Par les rideaux tirés de leur chambre, elle contemplait l'Acropole dont les temples dorés se détachaient nettement sur un ciel de saphir.

— Ils seront quatre, répondit Paul. Davos Flourou et son épouse Lefki, ainsi qu'Elias et Pelayia Mariakis.

— Quel âge ont-ils ?

— Une trentaine d'années. Davos en a peut-être même quarante.

— Oreste s'occupera-t-il de tout ?

— Bien sûr. Il en est tout à fait capable.

Tina interrogea son mari d'une voix hésitante :

— L'aimez-vous ?

— Est-ce que je l'aime ?

Paul fronça les sourcils.

— Je crains de ne pas bien comprendre.

— Moi, je ne l'aime pas, c'est tout.

Un rictus ironique déforma un instant la bouche de Paul.

— Y a-t-il un seul Grec que vous aimiez ? lança-t-il sur un ton terriblement sarcastique.

Tina se défendit en rougissant :

— Je n'ai pas l'impression d'avoir manifesté une si grande antipathie à l'égard des Grecs.

— C'est ce que vous dites ! Mais vous n'aimez pas ma mère, vous ne m'aimez pas, vous n'aimez pas Oreste…

— C'est votre mère qui ne m'aime pas ! coupa-t-elle avec raideur. Je suis allée à Patmos dans le but d'établir des rapports affectueux, bien que vous m'ayez avertie de son hostilité envers les Anglais.

Elle leva sur son mari des yeux étincelants de colère contenue.

— Elle voulait vous voir marié à une Grecque et elle est atrocement déçue de m'avoir pour belle-fille.

Paul la considéra avec une soudaine attention.

— Vous aurait-elle parlé de ses sentiments ?

Tina parvint à déclarer sans se trahir :

— Vous me les avez vous-même expliqués.

Il inclina la tête, la réponse le satisfaisant visiblement, et il affirma :

— Il est temps que je m'en aille. Avez-vous assez d'argent ?

— Oui, je vous remercie.

— Je vous en donnerai davantage demain pour acheter votre robe.

Sur ces paroles, il laissa Tina seule avec Oreste. Celle-ci décida de sortir aussi sans tarder et de ne revenir que le soir, au moment où son mari rentrerait.

— Vous sortez, madame Paul ? s'enquit le domestique avec un étrange sourire.

Elle lui tourna sans façon le dos pour ne plus voir son visage obséquieux et quitta l'appartement.

La première personne qu'elle croisa sur l'Acropole fut Bill. Elle le considéra un moment bouche bée.

— Comment ? Vous n'êtes donc pas rentré en Angleterre ?

— Non, j'ai trouvé du travail ici. J'ai bénéficié d'une chance incroyable !

Il admira ouvertement la charmante silhouette de Tina, mise en valeur par un élégant ensemble en fin lainage. De couleur corail, il était agrémenté de broderies blanches sur les revers de la veste et au bas de la jupe évasée. Des gants, des chaussures et un sac à main de cuir blanc aussi semblaient faits pour accompagner cette tenue.

— Où travaillez-vous ? demanda Tina avec intérêt.

En retrouvant cet homme, elle se souvint de la colère de Paul. Comme il avait été furieux en apprenant qu'elle avait passé la journée avec lui ! Obligée de renoncer à sa compagnie le lendemain, elle s'était esquivée sous un prétexte un peu facile que Bill avait très gentiment accepté.

— Je travaille dans une banque, lui répondit-il. J'ai vu une annonce dans le *Times* que j'achetais régulièrement ici pendant mes vacances. Un Anglais ne peut pas se passer de son journal ! On demandait une personne parlant anglais et français. Bien que je ne connaisse pas le grec, ils m'ont engagé, à condition que je l'apprenne.

— C'est une langue difficile, n'est-ce pas ? lança Tina.

— J'ai étudié le grec ancien en classe.

— Dans ce cas, votre tâche est moins ardue, conclut-elle.

Ils se trouvaient devant l'Erechtheion, et seuls pour le moment en ce point de l'Acropole.

— Toutefois le grec moderne est très différent, ajouta-t-elle.

Bill acquiesça d'un hochement de tête.

— Mais cela vaut la peine de l'apprendre, déclara-t-il avec enthousiasme.

Après un bref silence, il la questionna gentiment :

— Vous voilà de nouveau solitaire ? Votre mari est encore accaparé par ses affaires ?

— En effet. Je le retrouverai ce soir. Et vous, ne travaillez-vous pas aujourd'hui ?

— Les banques sont fermées, fit-il en montrant l'heure à sa montre.

— Bien sûr, où ai-je la tête ? murmura-t-elle.

— Accepteriez-vous de prendre un verre avec moi ?

Elle hésita, mais seulement une seconde. Il n'était pas question de fuir tous les hommes par crainte de la réaction de Paul. Elle était heureuse de pouvoir bavarder un moment avec un Anglais. Elle n'avait pas envie de le quitter tout de suite.

Ils marchèrent jusqu'à la place Syntagma et s'installèrent à une table sous les arbres. Il faisait assez frais, mais le soleil brillait dans le ciel bleu. Bill commanda du thé et des gâteaux. Comme il semblait vraiment très heureux de la revoir, Tina lui demanda s'il ne s'était pas encore fait d'amis dans le pays.

— Si, deux ou trois, des Grecs, répondit-il, qui travaillent avec moi à la banque. Ils sont mariés, et ils m'ont expliqué que si leurs parents avaient voulu respecter les usages anciens, ils seraient encore célibataires pour de nombreuses années.

— Oui, ils auraient dû commencer par constituer des dots pour leurs sœurs, compléta Tina sans pouvoir cacher son indignation. Je n'ai jamais rien vu de plus absurde que ce système de dots !

— Il n'existe pas seulement ici, déclara Bill.

Eclatant de rire, il ajouta :

— Mais je suppose que vous n'avez pas eu besoin de dot pour vous marier !

— Non, Paul ne partage pas ces conceptions. Même s'il avait épousé une Grecque, il n'en aurait pas exigé.

— En effet, certains sont tout à fait opposés à cette pratique. Malheureusement, des habitudes profondément enracinées dans la mentalité populaire ne peuvent pas disparaître en un jour.

— Oui, c'est ce que mon mari m'a dit.

Bill ne chercha pas à prolonger la conversation sur ce sujet et d'ailleurs, le serveur arriva, créant une diversion.

Après son départ, Tina interrogea Bill sans véritable curiosité. Peut-être pour meubler le silence qui s'était installé entre eux.

— N'avez-vous pas laissé une fiancée en Angleterre ?

— Non.

Il considéra un instant son interlocutrice en hésitant, puis il se lança :

— Vous allez sans doute me trouver impertinent, mais je voudrais vous poser une question un peu personnelle, à mon tour. Pourquoi avez-vous épousé un Grec ?

Tina ne put s'empêcher de rougir, mais elle fut la première étonnée de la tranquillité avec laquelle elle répliqua :

— On ne se marie que pour une seule raison.

— Dans la plupart des cas, accorda-t-il, mais parfois l'amour n'est pas le motif principal.

Elle ne le pria pas de s'expliquer sur cette remarque. Elle préféra de loin l'entraîner à discuter d'autre chose, et elle lui demanda s'il comptait voyager pendant qu'il demeurait en Grèce.

— Il y a tant d'îles si charmantes, affirma-t-elle.

Bill prit un second gâteau et acquiesça d'un hochement de tête.

— Je vais certainement voir du pays. J'aimerais aller à Santorini et retourner en Crète. Il existe tellement d'autres endroits attirants. Je crois que je ne pourrais pas tout voir, même si je passais ma vie entière dans ce pays.

Un vendeur d'éponges s'approcha de leur table et Tina fut surprise de sa présence si tard dans la saison.

— J'habite en Crète, déclara-t-elle.

— Oui, vous me l'aviez déjà dit lors de notre rencontre précédente.

Bill parut réfléchir et il ajouta :

— Vous possédez aussi un appartement à Athènes. Y séjournez-vous beaucoup ?

— Non, seulement quelques jours de temps à autre. La villa crétoise est mille fois plus agréable.

— Et plus calme aussi.

Elle le confirma d'un signe, puis regarda de nouveau le vendeur d'éponges. Eprouvant une soudaine pitié pour lui, elle ouvrit son sac à main.

— Avez-vous réellement besoin d'une éponge ? s'enquit Bill en riant.

— Non, mais il faut que j'en achète une, par pure

égoïsme, sinon ma conscience me tracassera toute la journée.

L'homme parut quant à lui ravi d'avoir réussi une vente, et il partit d'un pas plus optimiste vers la table voisine occupée par un couple.

— Il aurait pu vous la mettre dans un sac, jugea Bill.

Il en tira un de sa poche.

— Voici celui que j'avais emporté pour faire des courses, mais mes courses attendront demain. Je suis bien trop heureux de passer un moment en votre compagnie.

Tina le regarda attentivement. Il n'y avait pas de doute ; ses grands yeux exprimaient la même franche admiration que sa voix. Pourquoi de son côté se plaisait-elle tant avec lui alors qu'elle était amoureuse de son mari ?

Elle le remercia pour le sac et, tout en observant les gestes gracieux avec lesquels elle y glissait l'éponge, Bill lui demanda :

— Combien de temps restez-vous à Athènes cette fois-ci ?

— Jusqu'à mardi.

— Votre mari sera pris tous les jours par ses affaires, je suppose ?

Elle acquiesça, sans se culpabiliser du sentiment de soulagement que cette pensée lui procurait. Jusqu'à mardi, Paul n'aurait pas la possibilité de l'écraser de son autorité, de l'obliger à faire ceci tandis qu'il lui interdirait cela.

— Oui, il sera certainement occupé du matin au soir, confirma-t-elle.

— Moi je ne travaille pas demain.

Un silence suivit cette déclaration. Tina savait très bien où Bill voulait en venir.

— Nous pourrions peut-être nous retrouver...

Elle se surprit à accepter.

— Oui, c'est une bonne idée. Avez-vous un numéro

de téléphone où je puisse vous joindre en cas d'empêchement ?

Bill secoua la tête.

— J'habite un petit hôtel de la place Kotzia. Les locataires ne sont pas autorisés à se servir du téléphone.

— On ne prend même pas de messages pour eux ?

— Non, la propriétaire est une drôle de vieille bonne femme. Elle ne parle pas un mot d'anglais, et son fils non plus d'ailleurs.

— Et ils arrivent à tenir un hôtel ?

— Presque tous leurs clients sont des Grecs. Les touristes ne songeraient même pas à s'arrêter devant leur établissement.

— Ne voulez-vous pas déménager ?

— Si, il faudra que je cherche un endroit plus agréable. Ce n'est vraiment pas l'idéal. Mais le quartier est curieux avec ses boutiques bon marché et ses cinémas misérables. On y croise pas mal de voyous. Ah, c'est un quartier que je ne vous recommanderais pas ! Mais malgré tous ses inconvénients, il est attachant. Il me fascine.

Qu'aurait pensé Paul s'il avait appris que sa femme bavardait tranquillement avec un habitant d'un lieu aussi mal famé ? La question était cependant sans objet car Paul ne le saurait jamais. D'ailleurs, si elle rencontrait Bill le lendemain, elle ne resterait pas à Athènes par prudence.

Un autre marchand ambulant s'approcha avec des cartes postales et des pistaches. Pour la seconde fois, Tina fit un achat par pure générosité.

Bill l'observa d'un air amusé, puis il prit une expression attendrie pour déclarer :

— Vous êtes vraiment très gentille.

Ce compliment n'arracha à sa compagne que l'ombre d'un sourire. Tandis que le vendeur s'éloignait, très satisfait, elle consulta sa montre. Il était encore trop tôt pour retourner à l'appartement, aussi, quand Bill lui proposa de flâner un peu, elle accepta en priant pour ne pas tomber sur Paul. D'après ce qu'il lui avait dit, son travail l'appelait à l'autre bout d'Athènes.

Mais, soudain, à sa grande consternation, elle vit Dora se diriger droit sur elle. Elle se détourna prestement. La jeune femme ne l'avait peut-être pas aperçue. Elle feignit d'être complètement absorbée par la vitrine d'un magasin de chaussures pour hommes. Bill regarda les articles avec elle et, le cœur battant, Tina attendit. Avec un peu de chance, Dora allait passer sans la reconnaître. Hélas, ses espoirs furent déçus. Une voix douce et insinuante, empreinte de curiosité, s'éleva tout près d'elle :

— Tina... bonjour ! Quel hasard ! Je ne pensais pas vous rencontrer ici. Où est Paul ? Présentez-moi donc votre ami !

Tina lui fit face à contrecœur et s'efforça de garder son calme. Dora était visiblement aux anges et, après avoir serré la main de Bill, elle ne manifesta pas encore l'intention de partir. Elle s'amusait à embarrasser Tina, celle-ci le sentait très bien. Bill s'excusa tout à coup. Il venait de repérer l'un de ses amis sur le trottoir opposé.

— J'ai deux mots à lui dire. J'en ai pour une minute.

Il s'absenta bien trop longtemps au goût de Tina. Dora en profita pour l'interroger sur un ton lourd de sous-entendus :

— Paul sait-il que vous avez un petit ami... un petit ami anglais ?

— Bill n'est pas mon petit ami, protesta Tina, la respiration courte.

Elle ne se faisait pas d'illusion. Dora s'empresserait de trouver le moyen d'avertir Paul que son épouse se promenait à Athènes en compagnie d'un certain Bill.

— Vous avez l'air de très bien vous entendre, déclara la jeune femme avec une pointe d'ironie. Mais cela n'a rien d'étonnant. Je comprends que vous vous accordiez bien avec un compatriote. Où avez-vous fait sa connaissance ?

Tina la fusilla du regard. Tant d'audace la sidérait.

— En quoi cela vous concerne-t-il ? lança-t-elle d'une voix tremblante de colère.

Dora haussa les sourcils, simulant la surprise.

— Pourquoi vous emportez-vous ? Je vous posais seulement la question par politesse.

— Eh bien je vous prie de ne plus me poser de questions, par politesse, car je n'ai pas la moindre envie d'y répondre !

Tina chercha Bill des yeux, en regrettant qu'il l'eût laissée seule avec cette femme si mal intentionnée. D'ailleurs Dora cessa brusquement de jouer la comédie, comme le prouvèrent ses paroles suivantes :

— Je me demande comment réagira Paul lorsqu'il saura que vous vous distrayez avec un autre homme.

Pâle et intérieurement secouée de frissons nerveux, Tina s'écria :

— Comptez-vous le lui dire ?

A peine avait-elle parlé qu'elle se le reprocha. Elle avait commis une erreur. Elle aurait du adopter une attitude insouciante. Peut-être serait-elle parvenue à faire croire à Dora que Paul l'autorisait volontiers à sortir avec un ami.

— Si par hasard je le rencontre ces jours-ci, je le mettrai peut-être au courant, susurra Dora, masquant son hostilité sous de douces intonations. J'ai moi-même fait l'expérience de sa jalousie. Il devenait fou furieux dès que j'avais l'air de m'intéresser à un autre homme.

Tina décida de ne pas relever ces propos. Elle dut résister fortement à la tentation d'évoquer celui que Dora avait épousé. Certes, ce mariage avait du rendre Paul terriblement jaloux.

A son grand soulagement, Bill revint enfin. Dora fixa Tina avec une lueur de triomphe dans les yeux tandis qu'elle lui disait :

— Au revoir. Amusez-vous bien ! Et vous donnerez le bonjour de ma part à Paul, n'est-ce pas ?

— Qui est-ce ? s'enquit innocemment Bill après son départ.

Tina se mordillait rageusement les lèvres. Elle regrettait d'avoir accepté de passer cette fin d'après-midi avec le jeune Anglais. La fureur se mêlait toutefois à ses appréhensions. Il était inimaginable qu'elle n'eût pas le droit de se promener avec lui. Elle n'avait rien à se reprocher. Hélas, son mari ne verrait pas la situation de cet œil-là, et elle le savait très bien.

— C'est une amie de mon mari, parvint-elle enfin à répondre d'un air détaché.

Bill se contenta d'une seule remarque :

— Elle est fort belle.

Une demi-heure plus tard, ils se séparèrent, ayant fixé un rendez-vous pour le lendemain matin. Ils s'étaient mis d'accord pour visiter l'île de Salamine.

Lorsque Tina rentra dans l'appartement, Paul n'était pas encore arrivé. Elle voulut courir s'enfermer dans sa chambre, mais l'antipathique Oreste au sourire hypocrite l'arrêta.

— Kyria Dora vient de passer, annonça-t-il. Elle voulait voir M. Paul, mais il n'est pas encore là. Kyria Dora a dit qu'elle vous avait vue en compagnie d'un Anglais... très gentil. C'est vrai ?

— Cela ne vous regarde pas, répliqua Tina sur un ton glacial.

— Non, madame Paul...

Le sourire devint une grimace franchement moqueuse.

— M. Paul est très jaloux, vous le savez ? C'est un Grec et...

Oreste n'atteignit pas la fin de sa phrase. Incapable de se contrôler davantage, Tina le gifla à toute volée et il la considéra avec une vive expression d'incrédulité. Son teint basané vira au rouge, non pas sous l'effet du coup

130

mais de la colère. Il semblait sur le point de lui faire payer cet acte. Tina s'imagina aisément le traitement qu'elle aurait subi si elle avait été l'épouse de cet homme...

— Ecartez-vous de mon chemin ! cria-t-elle. Et à l'avenir, sachez rester à votre place !

Une fois dans sa chambre, elle s'assit sur le lit. Elle tremblait des pieds à la tête. Ce n'était pas du tout dans sa nature de s'adresser aussi durement à un domestique. Elle était aimée à la villa où elle se comportait d'une manière très humaine avec tous les employés. Oreste, contrairement aux autres, lui avait inspiré de la méfiance depuis le début. D'instinct, elle n'avait jamais aimé son petit corps gras, et il lui en avait toujours coûté de lui manifester de l'amabilité. Elle se demandait pourquoi son mari avait engagé un tel homme.

Evidemment, il s'acquittait très bien de sa tâche et Paul n'entrait pas dans d'autres considérations.

Par chance, il n'arriva que plus tard. Tina disposa d'un répit pour se ressaisir et la marque de ses doigts eut le temps de s'effacer sur la joue d'Oreste. La jeune femme restait pourtant très inquiète. Les manières fourbes du domestique l'incitaient à penser qu'il parlerait à Paul. Il lui apprendrait que son épouse avait été vue en compagnie d'un autre homme. Néanmoins, il n'avait encore rien dit quand Tina partit au restaurant avec son mari. Elle reprit un peu confiance. Après tout, il se tairait peut-être. Dora, hélas, ne renoncerait sûrement pas à repasser pour voir Paul et l'informer de sa rencontre intéressante... Tina envisagea un instant de prendre les devants et de tout raconter à son mari. Mais la perspective de le mettre dans l'une de ses terribles colères l'effraya trop. Elle préféra espérer. Et si Dora n'avait plus l'occasion de rencontrer Paul ? Et si Paul n'apprenait jamais qu'elle s'était promenée avec Bill ?

— Vous n'avez pas encore acheté votre robe, lui dit-il.

Il était assis en face d'elle à une table du restaurant qu'il avait choisi.

— Non, je l'achèterai lundi.

— C'est un peu tard. Occupez-vous-en donc demain.

— Non, j'aurai tout le temps nécessaire lundi.

Il haussa les épaules et changea de sujet :

— Qu'avez-vous fait aujourd'hui ?

— Oh, pas grand-chose. Je suis montée sur l'Acropole.

— Cet endroit semble vous attirer beaucoup. Vous vous y rendez chaque fois que nous venons à Athènes.

— Oui, il m'attire, admit-elle. Je pourrais y aller chaque jour de ma vie. Il y règne une paix merveilleuse, même lorsque la foule des touristes l'envahit. J'y sens la présence des fantômes du passé...

Elle s'interrompit, ne souhaitant pas encourager une conversation plus approfondie. Elle avait bien plus envie de calme et de réflexion.

Soudain, au beau milieu du dîner, elle vit l'expression de son mari changer. Tournant la tête, elle découvrit Dora et, dans un sursaut affolé, elle répandit du vin sur la nappe.

Dora ! Par quelle extraordinaire coïncidence avait-elle choisi le même restaurant qu'eux ? Mais il ne s'agissait pas d'une coïncidence. Tina se rappela les paroles que Paul avait jetées par-dessus son épaule quand ils avaient quitté l'appartement.

— Vous savez où nous sommes Oreste, si quelqu'un a besoin de me joindre !

Le domestique avait-il donné l'adresse de l'établissement à Dora ?

— Dora ! fit Paul en se levant.

Il épiait sa femme pour voir comment elle réagissait à cette intrusion. Tina resta impassible. Il pinça les lèvres et elle ne fut pas vraiment étonnée de l'entendre dire :

— Etes-vous seule ? demanda-t-il. Joignez-vous donc à nous...

Il adressa un signe à un serveur qui apporta un troisième couvert. Puis il offrit sa chaise à Dora et attendit celle qu'amena l'employé. Retenant son souffle, blanche comme un linge, Tina se résigna.

Paul entoura Dora de nombreuses attentions. Tina ne s'en étonna pas. Elle se montrait si froide avec lui qu'il voulait se venger. Son comportement réussit à éveiller en elle une jalousie brûlante. Elle souffrait autant dans son corps que dans son âme, mais elle parvint à feindre l'indifférence. Elle avait décidé de convaincre Paul de son total manque d'intérêt pour la situation.

La discussion alla bon train entre Dora et lui. Tina resta complètement à l'écart. Dora semblait perplexe. Elle n'était évidemment pas au courant de la froideur qui s'était établie depuis quelque temps entre Paul et sa femme.

Lorsqu'elle songea enfin à s'adresser à celle-ci, ce fut pour lui demander d'une voix mielleuse :

— Tina, avez-vous dit à Paul que nous nous sommes rencontrées cet après-midi ?

Tina la considéra d'un air méprisant.

— Non, j'ai pensé que cela ne l'intéresserait pas.

Paul se tourna vers sa femme.

— Vous vous êtes rencontrées ! Vous auriez pu me le dire. Vous savez bien que tout ce qui vous concerne m'intéresse.

Tina lui adressa un faible sourire.

— Nous n'avons pas eu beaucoup de temps pour bavarder, rappela-t-elle à son mari. Vous êtes rentré tard.

— Tina se promenait avec un charmant jeune homme... n'est-ce pas, ma chère ? lança perfidement Dora.

Voilà, les mots étaient jetés. Dora s'était de toute évidence déplacée jusqu'ici pour prononcer ces paroles. Satisfaite, elle se pencha sur son assiette. Cependant Tina perçut l'impatience avec laquelle elle guettait la réaction de Paul. Celui-ci scrutait intensément le visage de sa femme. Cependant, lui causant un vif étonnement, il arborait pour tromper Dora un large sourire et s'enquit sur un ton aimable :

— Un jeune homme, Tina ? Est-ce quelqu'un que je connais ?

Tina revint rapidement de sa surprise. Son mari était assez rusé pour ne pas donner à Dora le plaisir qu'elle escomptait. Il n'allait pas tomber dans un piège aussi grossier. Elle fut obligée d'admirer son sang-froid. Adoptant une attitude complice, elle répondit d'une manière décontractée :

— Non, Paul, vous ne le connaissez pas. Il s'agit d'un Anglais dont j'avais fait la connaissance il y a quelques mois.

Elle s'interrompit, tremblant intérieurement car elle lisait à livre ouvert dans le regard de Paul. Il lui promettait pour le moment où ils se retrouveraient seuls, un terrible châtiment. Une boule d'angoisse lui nouait la gorge à l'idée de l'instant où Paul la tiendrait entièrement en son pouvoir. Parler d'une voix ferme lui coûta d'immenses efforts. Elle ajouta cependant :

— Il était en vacances alors, mais depuis, il a obtenu un emploi dans une banque et il s'est installé en Grèce.

Son regard dévia vers Dora dont les traits assombris la récompensèrent de sa peine. Dora était visiblement consternée par l'échec de ses manigances. Paul ne s'emportait pas contre sa femme comme elle l'avait prévu.

— Ah, Bill ! s'exclama-t-il gaiement. Vous m'avez déjà parlé de lui, n'est-ce pas ?

Il décocha un nouveau sourire radieux à Tina et l'expression la plus bienveillante apparut sur son visage. Qui se serait douté, songea Tina, que sous cette apparence joviale, il bouillonnait de colère et cherchait déjà quelle punition infliger à sa femme dès leur retour dans l'appartement ?

— Ainsi, il a trouvé du travail à Athènes. J'en suis heureux pour lui. Nous pourrions peut-être l'inviter à dîner l'un de ces soirs ?

Tina ouvrit de grands yeux et remercia silencieusement son mari. Il lui épargnait une douloureuse humiliation devant son ancienne maîtresse. Elle s'efforça de faire passer le message de sa gratitude dans son regard. Elle essaya aussi de montrer à Paul qu'elle devinait et comprenait ses sentiments, et qu'elle avait très peur de sa réaction. Mais il resta impassible, ne trahissant aucune émotion à l'égard de ces pensées qu'il devinait pourtant très bien.

Tina murmura en feignant le calme :

— Oui, Paul, ce serait très gentil de notre part de l'inviter à dîner. Il ne s'est pas encore fait beaucoup d'amis en dehors de quelques collègues.

Dora poursuivait tranquillement son repas qu'elle avait pris en route, déclarant qu'elle n'avait pas assez faim pour le hors-d'œuvre. Toutefois, elle ne pouvait dissimuler une certaine nervosité et, dès qu'elle cessait de manger, elle pinçait les lèvres malgré elle. Paul l'observa, et Tina se rendit compte qu'il lui vouait un profond mépris.

Contrairement à ses habitudes, il n'offrit pas un dernier verre à Tina au bar du restaurant. Aussitôt le dîner fini, il prétexta la fatigue pour rentrer sans délai. Il appela un taxi pour Dora qui séjournait chez des amis à Glyphada, et un autre taxi les emmena, lui et sa femme. Durant le trajet, Tina essaya à plusieurs reprises de rompre le silence, mais elle n'y parvint pas. Paul l'effrayait. Une sévérité impressionnante émanait plus que jamais de son profil. Quelle punition projetait-il de lui infliger ? Si elle avait eu un peu de bon sens, elle aurait refusé de monter dans cette voiture et serait allée passer la nuit dans un hôtel. Elle rejeta pourtant immédiatement cette solution absurde. Elle n'avait avec elle que son sac à main et, de toute façon, Paul ne lui aurait jamais permis de s'échapper ainsi.

Il se décida enfin à parler, alors qu'ils atteignaient leur destination.

— A quoi pensez-vous, Tina ?

Elle hésita puis, d'une toute petite voix qui aurait attendri le plus cruel des hommes, elle balbutia :

— J'ai... j'ai peur de vous, Paul.

Il ne répondit pas. Il ne tourna même pas la tête vers elle. Peut-être n'avait-il pas entendu car les paroles de Tina s'étaient réduites à un murmure.

10

Surmontant sa terreur, Tina affronta courageusement son mari quand ils se retrouvèrent seuls dans l'appartement. Dès leur arrivée, Paul avait renvoyé Oreste qui passait la nuit chez sa sœur non loin de là. Le regard fourbe du domestique s'était posé tour à tour sur son maître et sur Tina, puis il avait baissé ses paupières bordées de cils épais, dissimulant ses pensées. Si Tina avait pu discuter avec lui quelques instants, elle aurait sûrement appris beaucoup de choses et par exemple comment Dora s'était rendue comme par hasard dans le restaurant où ils dînaient. Paul l'interrompit brutalement au milieu de ses réflexions :

— Vous avez donc bravé mes interdictions et rencontré de nouveau ce Bill ?

Il se tenait tout près d'elle, immense. Ayant ôté son manteau, Tina paraissait très fragile dans sa robe du soir en batiste ornée d'un délicat motif floral. D'involontaires frissons de peur secouaient son corps.

— Vous avez certainement compris, poursuivit Paul, que j'ai joué la comédie au restaurant. Je n'ai pas du tout l'intention de prendre cette nouvelle avec le sourire.

Tina inclina la tête et passa la langue sur ses lèvres sèches.

— Oui… et je… je vous remercie de m'avoir épargné une… une humiliation devant cette… créature !

La colère de la jeune femme explosa sur ce dernier mot et elle ajouta farouchement :

— Elle n'a pas eu la satisfaction qu'elle espérait !

Les yeux de Paul lançaient des éclairs. En cet instant, il ne se souciait absolument pas de Dora. Seule comptait la désobéissance de son épouse. Elle pouvait suivre sur son visage les progrès de la fureur en lui.

— Savait-il que vous étiez de passage à Athènes ? questionna-t-il sévèrement. Avez-vous entretenu une correspondance avec lui ?

Sa voix vibrait de si terribles menaces que Tina recula de quelques pas. Elle porta la main à son cœur qui battait fort au point de lui faire mal. Dans quelle épouvantable situation se trouvait-elle ? Elle était pieds et poings liée à un homme qui lui inspirait une terreur inhumaine. Comment avait-elle pu l'épouser ?

— Non… non, Paul, nous n'avons pas correspondu. Notre rencontre de cet après-midi fut un… un pur hasard et…

— Ne me mentez pas !

Incapable de contenir plus longtemps sa rage, il traversa la pièce, lui arracha presque le bras en s'en emparant, et l'attira violemment contre lui pour la repousser aussitôt encore plus violemment. Tina vacilla. Elle crut que le souffle allait lui manquer.

— Je devrais vous traiter comme une épouse grecque ! Je devrais prendre le fouet !

Paul la secoua de nouveau, sans s'émouvoir le moins du monde de ses cris et des larmes qui inondaient son visage décomposé.

— Ah vous regrettez de m'avoir épousé ! Vous me l'avez bien dit, n'est-ce pas ? Eh bien, il est trop tard. Je ne vous permettrai pas d'oublier une seconde que vous êtes ma femme. Et vous ne vous moquerez pas de moi, je vous le promets ! Savez-vous ce qui vous arriverait en ce moment si vous étiez mariée à un Crétois ?

— Laissez-moi, sanglota-t-elle.

— Vous recevriez le fouet jusqu'à ce que vous ne teniez plus debout ! Et le sort de cet Anglais se réglerait avec un poignard ! Voilà ce qui se passerait si vous aviez épousé un Crétois !

Il ne lâchait toujours pas Tina. Ses doigts s'enfonçaient sans pitié dans la chair tendre de ses bras. Elle parvint à articuler entre deux gémissements :

— Laissez-moi ! Vous m'avez assez punie.

— Avez-vous projeté de revoir cet homme ? gronda Paul, insensible à sa prière.

Elle esquissa un signe négatif, puis s'immobilisa tout à coup. Un vent de révolte se levait en elle, puisant ses forces au-delà de la peur et la balayant comme par magie. Elle redressa alors la tête. Une lueur de défi apparut dans ses yeux.

— Oui, je vais le revoir ! Où est le mal ? Nous devons passer la journée ensemble demain. Nous nous rendrons à Salamine. Et je n'ai pas l'intention de subir votre dictature, la dictature d'un... d'un étranger ! Un Grec aux conceptions arriérées, qui n'a aucune notion de la manière dont il doit traiter sa femme ! Je verrai Bill aussi souvent que je le voudrai puisqu'il vit maintenant en Grèce, et vous ne m'en empêcherez pas ! C'est ainsi. Vous n'y pourrez rien ! Rien !

Un silence pesant suivit ces paroles. Tina ne réussissait pas à détacher ses yeux du visage de Paul. Son expression aurait fait fuir le diable lui-même. La jeune femme sentit son courage l'abandonner.

— Ainsi, je ne peux rien faire ?

Jamais encore son mari n'avait eu cette voix-là. Souvent, elle s'était demandé si la violence qu'il avait héritée de ses ancêtres risquait à l'occasion de le pousser à commettre un meurtre. A présent, elle avait l'impression qu'il allait lui infliger la torture. Elle effectua un bond en arrière. Elle devait agir vite, avant d'être paralysée par la terreur. Si elle ne bougeait pas tout de suite, songeait-elle dans un état de profonde confusion, elle ne bougerait peut-être plus jamais. Mais en courant jusqu'à la porte, elle précipita sa perte. En moins d'une seconde, son mari l'avait rejointe et l'emprisonnait si étroitement dans ses bras qu'elle crut s'évanouir. De nouvelles larmes emplirent ses yeux et elle ne chercha pas à les retenir. Elle se débattit avec l'énergie du désespoir, tambourinant des deux poings sur la poitrine de Paul, se tordant en tous sens pour essayer de lui échapper. Au cours de la lutte, il marcha sans le vouloir sur le bas de sa robe longue et soudain, comme elle continuait à s'agiter contre lui, l'étoffe craqua. Les fines bretelles ne résistèrent pas à la violente traction, et le ravissant vêtement glissa jusqu'à terre, laissant Tina dans la plus séduisante des combinaisons.

Paul s'immobilisa instantanément et regarda d'abord la robe à ses pieds, puis le corps presque nu de sa femme. Un étrange sentiment étreignit le cœur de Tina quand elle vit passer les signes du désir sur ses traits. Elle ne tenta même plus de résister quand il resserra de nouveau son étreinte son l'emprise de la passion dévorante et primitive qu'elle connaissait si bien. Il l'attira contre lui d'une manière sauvage, possessive, étouffant un timide gémissement en s'emparant de sa bouche. Ce baiser avait le goût du sang, mais Paul ne s'arrêta pas. Il insista tant et tant qu'elle finit par se soumettre. Quand il la caressa de ses mains expertes, elle frissonna, incapable d'éprouver autre chose que de la répulsion. Paul ne tarda pas à le remarquer, inévitablement, et sa fureur redoubla.

Tina avait presque perdu conscience lorsqu'il la souleva et la porta jusqu'au lit à l'autre bout de la chambre. De ses doigts bruns et habiles, il lui ôta ses derniers vêtements. Il se déshabilla ensuite lui-même et, s'allongeant auprès d'elle, il murmura d'une voix grave et un peu rauque :

— Vous m'appartenez, entendez-vous ? Regardez seulement encore une fois cet homme et je vous tue !

Paul resta dans l'appartement le lendemain matin. Pâle et physiquement affaiblie, Tina ne cessa de penser à Bill. Le pauvre devait l'attendre en se demandant ce qui lui était arrivé. Elle se décida finalement à adresser la parole à son mari :

— Me permettez-vous de sortir ?

Les yeux sombres prirent un éclat dangereux.

— Pour quelle raison voulez-vous sortir ?

— J'ai rendez-vous avec Bill. Il doit m'attendre.

— Eh bien il attendra !

— Ce ne sont pas des manières, protesta-t-elle.

Elle se tut, espérant une réponse de Paul. Comme il gardait le silence, elle ajouta :

— Quoi que vous en pensiez, nous nous sommes rencontrés par hasard.

— Mais aujourd'hui, ce n'est plus le hasard qui vous réunit.

Il s'était exprimé calmement et en même temps sévèrement. Sa voix trahissait aussi imperceptiblement autre chose, mais Tina était trop préoccupée pour approfondir la question.

— Ne puis-je pas aller lui dire que nous devons renoncer à notre excursion ? s'enquit-elle.

— Non, répliqua-t-il sèchement.

Elle l'étudia attentivement.

— Vous craignez que je ne revienne pas ?

Il ne réagit pas tout de suite, et le moment qui s'écoula sembla une éternité à Tina.

— Reviendriez-vous ? lança-t-il enfin.

— Je n'en sais rien, Paul, fut-elle assez honnête pour avouer. Nous sommes tellement différents, vous et moi...

Les mots lui manquèrent soudain au souvenir des brutalités qu'elle avait endurées, et Paul fronça les sourcils en voyant ses yeux s'emplir de larmes.

— Une femme ne... ne devrait pas être traitée comme vous m'avez traitée.

Il la fixa intensément.

— Qui a provoqué cette situation, Tina ?

Les lèvres de la jeune femme tremblèrent. L'espace d'une seconde, elle fut tentée de tout raconter à son mari. Il fallait lui parler de sa mère, de Dora, et même d'Oreste. Elle devait aussi lui confier la peur qui la tourmentait quand il devenait pour elle un étranger, un Grec aux sentiments et aux actes commandés par de puissants instincts dont elle ne connaissait pas les limites. Elle hésita... Elle ne savait comment lui exposer ces divers problèmes, et elle redoutait les conséquences de ses aveux. Paul risquait de se fâcher avec sa mère, d'exiger des explications de la part d'Oreste... Que de bouleversements ! Tina n'osa pas les déclencher.

Au lieu de discuter à cœur ouvert, elle redemanda la permission de voir Bill. Une fois de plus, Paul refusa et elle abandonna le sujet. Bill finirait bien par comprendre qu'elle avait un empêchement et il repartirait chez lui.

— Tina, je vous ai posé une question, reprit-il. Qui a provoqué cette situation ?

— Je suis responsable, admit-elle, surprise elle-même de céder si facilement.

— Vous n'éprouvez plus de désir pour moi... je m'en suis aperçu.

Non seulement elle ne chercha pas à le nier, mais elle ajouta :

— Un mariage sans amour n'a aucun sens.

Comme il ne répondait pas, elle poursuivit :

— Notre union reposait sur une simple attirance physique, ce n'est pas suffisant. Ce fait à lui seul nous promettait l'échec. Et en outre, nous sommes trop différents pour être heureux ensemble.

— Les occidentaux et les orientaux ne peuvent pas s'entendre, est-ce ce que vous voulez dire ?

— Exactement.

— Eh bien moi, je trouve que nous nous accordions parfaitement au début, lui rappela-t-il. La même force nous poussait l'un vers l'autre. Il s'est passé quelque chose, j'en suis sûr, qui a suscité un changement en vous. Si seulement je savais quoi !

Il la regardait attentivement. Plus aucune violence ne brillait dans ses beaux yeux. L'arrogance en était absente aussi.

— Ne voulez-vous pas me faire confiance, Tina ?

Elle secoua la tête.

— Il n'y a rien, vous vous trompez.

Il haussa alors les épaules et déclara sèchement :

— Puisqu'il en est ainsi, à quoi bon discuter ?

Sur ces mots, il lui tourna le dos et ne s'occupa plus d'elle.

Un peu plus tard, il lui annonça qu'ils rentraient en Crète par le premier avion du lendemain. Il avait renoncé à donner un dîner.

— Vous décommandez vos invités ! s'exclama-t-elle, stupéfaite.

— Oui, je vais leur téléphoner. S'il y avait des places sur un vol aujourd'hui, nous partirions sans attendre. Je ne pense pas qu'il y en ait, mais dans le fond, je peux bien appeler l'aéroport.

Devinant ses pensées, Tina demanda :

— Vous avez peur que je m'enfuie, n'est-ce pas ?

Elle fut tout de même étonnée quand il acquiesça sans une seconde d'hésitation.

— Je ne veux pas prendre de risques. Dans votre état actuel, vous êtes capable de commettre une action que vous regretterez.

— Quoi par exemple ?

— Solliciter l'aide du jeune Anglais pour repartir dans votre pays.

— Je n'ai besoin de personne, Paul. Et d'ailleurs, en cas de nécessité, je m'adresserais à mon oncle et à ma tante.

Il la fixa d'un air soupçonneux.

— Vous aimez cet homme. Je le sens et je suis sûr que vous vous précipiteriez chez lui.

— Oui, je l'aime…

Elle n'arriva pas au bout de sa phrase. Paul allait se méprendre sur le sens de ses paroles, mais elle ne s'en souciait pas. C'était lui qu'elle aimait. Malgré tout le mal qu'il lui avait fait, malgré tout celui qu'il lui ferait sans doute encore dans l'avenir, elle l'aimait et l'aimerait toujours.

Son amour ne se réduisait pas à un simple désir physique, il ne se mesurait pas à la passion qui, jusqu'à ces derniers temps, l'avait jetée dans les bras de Paul. Non, il s'agissait avant tout de sentiments très profonds. Elle aimait un homme auquel tout l'opposait. Un monde les séparait. Elle aimait un homme avec lequel elle ne pouvait pas vivre. Ils devaient se quitter. Sur leur route, ils ne rencontreraient jamais rien d'autre que le désaccord et le malheur. Et pour comble, Paul ne l'aimait même pas…

Il réussit à obtenir deux places dans un avion qui décollait en fin d'après-midi. Tina eut beau lui assurer qu'en dépit de ses intentions de le quitter, elle ne comptait pas partir immédiatement, il ne la laissa pas seule une minute.

— Je ne vous donnerai jamais l'occasion de me quitter, affirma-t-il. La nuit dernière, je vous ai dit que vous m'appartenez. Et vous m'appartenez pour toujours !

Elle l'écouta sans réagir, s'abstenant de tout commentaire. Quand viendrait le moment, elle partirait, et il ne pourrait pas l'en empêcher. Son travail l'obligeait à se

144

rendre de temps à autre à Athènes. Elle projetait de mettre à profit ces voyages pour abandonner son foyer et la Grèce. Ensuite, à Paul de divorcer et d'épouser Dora s'il le voulait ! Ainsi, sa mère serait satisfaite.

Durant le reste de la journée, Tina le trouva très nerveux et agité. Par moments, elle surprenait une expression tourmentée sur son visage.

— Allons faire une promenade, Paul, lui proposa-t-elle en début d'après-midi.

En dépit de l'épuisement qu'elle ressentait depuis la scène de la veille, elle souhaitait sortir. Tout valait mieux que de rester là à se regarder en chiens de faïence sans rien dire.

Paul accepta et ils descendirent dans la rue. Au bout de quelques pas, ayant froid, Tina décida de remonter chercher un manteau. Comme l'immeuble ne comportait par d'autre issue que la porte par laquelle ils étaient passés, Paul ne jugea pas utile de l'accompagner.

Arrivée dans l'entrée de l'appartement, Tina entendit la voix d'Oreste. Il téléphonait dans la petite pièce qui servait de bureau à son mari.

Il parlait assez vite et en grec, mais Tina saisit au passage le mot « drachme », et elle comprit plusieurs fois sans aucun doute possible « Kyria Dora ».

Notant soudain une présence à côté de lui, Oreste s'interrompit brutalement. Tina s'était approchée sans bruit. Elle ne lui laissa pas le temps d'ajouter un mot à l'intention de son interlocuteur... ou plutôt de son interlocutrice ! Lui arrachant le combiné des mains, elle raccrocha.

— Et maintenant, je vous écoute ! lança-t-elle avec une impressionnante détermination.

— Je passais une commande de légumes...

— Vous parliez avez Kyria Dora, coupa-t-elle tranquillement. Je veux tout savoir !

Elle tremblait intérieurement. Ce choc survenant après celui de la nuit précédente achevait de miner ses forces, mais elle parvint à sauver les apparences. Elle semblait contrôler parfaitement la situation.

— Hier, vous lui avez dit où nous dînions, mon mari et moi..

— Je ne lui ai rien dit !

— Combien de drachmes vous a-t-elle promis en récompense ?

A sa grande satisfaction, l'homme pâlit sous son hâle et il serra convulsivement les poings.

— Inutile de nier, je vous soupçonne depuis long-temps. Vous aviez forcément tramé un petit complot avec Kyria Dora. Je n'ai jamais cru qu'elle était venue par hasard dans le même restaurant que nous. Mon mari ne s'en est pas étonné mais évidemment, il ignorait qu'elle était passée ici avant son retour. Moi je le savais, et je savais aussi que vous avez bavardé. Elle vous a appris qu'elle m'avait vue en compagnie d'un ami. Pourquoi vous l'a-t-elle dit ? Pourquoi ?

L'homme haussa les épaules d'un air abattu.

— Je ne sais pas.

Tina le foudroya du regard.

— Je vous conseille de chercher, Oreste. N'oubliez pas que je peux obtenir votre renvoi. Et, si je suis bien informée, vous avez encore une dot à constituer pour l'une de vos sœurs.

— Ne me faites pas renvoyer ! cria-t-il presque. Ce serait une catastrophe pour moi !

— Vous auriez dû y penser plus tôt.

— Kyria Dora m'a proposé cinq cents drachmes. Cinq cents drachmes ! C'est tentant. Je les aurais données à mon père pour la dot.

— Pourquoi Kyria Dora vous a-t-elle raconté qu'elle m'avait vue avec un ami ?

L'homme hésitait encore à répondre. Il avoua subite-ment, comme s'il se jetait à l'eau :

— Elle voulait que je le dise à mon maître.

— Mais vous ne le lui avez pas dit.

Il hésita de nouveau.

— Si je vous explique tout, vous ne parlerez pas à M. Paul ?

— Non, je ne lui dirai rien.

Oreste baissa la tête, puis il la releva. Une lueur inquiétante brillait dans ses yeux.

— Moi aussi, comme mon maître, j'aime les belles Anglaises blondes. Je pensais que, pour que je garde le silence, vous accepteriez de…

— *Comment !* s'exclama Tina, horrifiée.

La voix de Paul couvrit la sienne.

— Oreste !

Le nom éclata comme un coup de tonnerre. Tina se retourna d'une seule pièce. Le sang se retira de son visage à la vue de l'expression meurtrière de son mari.

— Que disiez-vous, Oreste ?

La face du domestique était devenue grise comme la cendre et il vacillait d'épouvante.

— Monsieur Paul… Je croyais que vous étiez parti en promenade et que Mme Paul était revenue parce qu'elle ne voulait pas vous accompagner…

Sa tentative pour donner le change n'aboutit à rien.

— Que disiez-vous, Oreste ? tonna cette fois Paul en s'avançant vers le domestique d'une manière menaçante. Répondez-moi avant que je ne vous assomme !

Un gémissement échappa à Oreste. Un instant, Tina crut qu'il allait se mettre à pleurer comme un enfant. Il se décida soudain à parler, en grec.

— En anglais, commanda Paul, et vite !

Oreste débita de nouveau toute son histoire. Paul en avait certainement déjà entendu une partie avant de manifester sa présence, mais il l'écouta attentivement. Le domestique termina sur ces paroles :

— Je ne vous ai pas dit que Mme Paul était avec un homme parce que je… j'espérais… En échange de mon silence, je pensais qu'elle accepterait de…

Paul ne le laissa pas achever sa phrase. Tina poussa un

cri comme si elle avait reçu elle-même le coup de poing qui s'abattit sur le visage d'Oreste. Le sang coula de sa lèvre inférieure fendue.

— La suite ! cria Paul, tout son corps vibrant à présent de fureur.

— Mme Paul m'a giflé, murmura Oreste.

— Elle vous a giflé ! Lui avez-vous vraiment fait des avances ?

Tina intervint dans la discussion pour raconter exactement ce qui s'était passé.

— Il n'a pas été jusqu'à me faire des avances, Paul, précisa-t-elle.

Paul se tourna encore vers son domestique et lui ordonna d'aller jusqu'au bout de son récit.

— Je devais prévenir Kyria Dora après vous avoir annoncé que Mme Paul s'était promenée avec un Anglais. Mais comme je ne voulais pas le dire, Kyria Dora s'est impatientée. Elle m'a offert cinq cents drachmes pour lui donner l'adresse du restaurant où vous dîniez.

Oreste s'interrompit et se couvrit la face de ses mains, redoutant un autre coup.

Paul renvoya évidemment sur-le-champ ce domestique mais, cédant à la prière de Tina, il lui paya intégralement son dernier salaire.

— Je suis désolé pour ce qui s'est passé, déclara-t-il après le départ de l'homme. Vous auriez dû me prévenir qu'Oreste ne se comportait pas comme il le devait avec vous.

— Cela n'a plus d'importante maintenant, répondit-elle.

— Je me doutais bien de la jalousie de Dora, poursuivit-il, mais je n'aurais jamais cru qu'elle irait jusqu'à de telles extrémités.

Il semblait complètement dérouté. Peut-être était-il déçu par la conduite de Dora. Au bout d'un long moment, il lança avec un soupir :

— Enfin, je suppose que cela ne change rien entre nous ?

— Qu'est-ce que cela pourrait changer ?

— Rien... rien, bien sûr, murmura-t-il sombrement.

Un mariage villageois typique était organisé pour la cousine de Julia. La plupart des invités se trouvaient déjà sur place depuis trois jours.

Quand Tina et Paul arrivèrent, l'animation était intense. Pendant que le prêtre rasait le marié, les demoiselles d'honneur arrangeaient le lit. Elles nouaient des rubans aux quatre coins, mettaient de beaux draps et de belles couvertures, disposaient les oreillers. La mariée, aidée par plusieurs membres de sa famille, se préparait pour la cérémonie. Des haut-parleurs répandaient une musique tonitruante, de gros rires s'élevaient pour saluer les plaisanteries grivoises racontées par les témoins du marié. Des cochons de lait rôtissaient sur des broches et du pain cuisait dans des fours situés à l'extérieur des maisons. Le soleil brillait, mais la chaleur restait toutefois insuffisante pour permettre au repas de se dérouler dehors. En été ou au début de l'automne, il aurait eu lieu dans le verger adjacent à la demeure de la mariée. De longues tables auraient été installées sous les citronniers. Mais en cette saison, les invités devaient se réunir dans le *cafenion* sur la place du village.

Assistant à son premier mariage grec, Tina découvrit avec étonnement le grand désordre qui régnait dans l'église. Sans se soucier de la cérémonie, chacun prenait des photographies des mariés, du prêtre ou de l'assistance dans une totale anarchie.

— Mais ils sont fous ! s'exclama la jeune femme, oubliant pour le coup de rester froide à l'égard de son mari. N'ont-ils aucun respect pour le lieu dans lequel ils se trouvent ?

Paul éclata de rire. Tina en conçut une vive tristesse. Il y avait bien longtemps qu'elle ne l'avait entendu rire.

— Ils n'ont pas beaucoup de respect, admit-il. Ils ne peuvent pas s'empêcher de bouger et de parler.

— Ils couvrent la voix du prêtre ! lança-t-elle, offusquée.

— Il n'a pas l'air de s'en soucier.

— Les mariés paraissent très heureux.

— Le mariage est en général synonyme de bonheur, répliqua Paul, une pointe d'amertume perçant dans son intonation.

Le repas de noces commença tout de suite après la cérémonie. Le couple n'y prit pas part. Il se mit à danser et les invités, par petits groupes, vinrent épingler des billets de banque sur ses vêtements.

— Ils doivent récolter une fortune ! s'écria Tina, surprise par ces coutumes.

— Ils reçoivent en effet une somme importante, confirma Paul.

— La garderont-ils pour la dot de leur première fille ?

— Probablement.

— D'ici là, cette pratique sera peut-être abandonnée, suggéra Tina.

Elle pensa soudain aux enfants qu'elle-même pourrait avoir et une nouvelle vague de tristesse déferla sur elle. Elle ne vivait plus dans la crainte de Paul. Depuis leur retour d'Athènes, ils n'occupaient pas la même chambre. Il semblait miné par un sentiment de culpabilité, et elle ignorait s'il se reprochait sa brutalité ou s'il était abattu par le comportement de Dora. De toute façon, cela n'avait plus beaucoup d'importance. Une seule chose comptait : Tina ne supportait plus de continuer à mener ce genre d'existence. Elle attendait plus de Paul qu'il ne pouvait lui donner. Elle voulait être aimée, vraiment aimée.

Bien que sa décision de le quitter fût prise, elle remettait toujours l'exécution de son projet au lendemain, faute d'en régler une fois pour toutes les détails. Son mode de vie actuel était plus calme. Mais si jamais Paul usait de nouveau de la force, elle partirait immédiatement. Il s'en doutait peut-être et cette raison expliquait en grande partie pourquoi il la laissait en paix.

— Vous êtes bien pensive, dit-il doucement auprès d'elle.

Elle tourna son visage vers lui. Elle était en train de boire un vin qu'elle n'aimait pas beaucoup, mais elle savait depuis longtemps qu'on ne peut rien refuser lors d'un repas grec sans vexer les gens. Des monceaux de nourriture couvraient les tables. Viandes, légumes, fruits et pains encore chauds mettaient l'eau à la bouche.

— Je me plais beaucoup ici, déclara Tina. Et vous, Paul ?

Il acquiesça d'un signe de tête, mais elle remarqua la ride qui lui barrait le front. Il était en vérité impatient de partir, en conclut-elle.

Malheureusement, les invités mirent un temps infini pour se décider à rentrer chez eux. Toutes sortes de véhicules bloquaient, pour comble de malchance, le passage qui menait à la voiture de Paul.

— La fête n'est pas encore terminée ! lança-t-il sur un ton humoristique.

La lassitude transparaissait cependant derrière son sourire. Où était donc son ancienne arrogance ? Lorsqu'il s'adressait à Tina maintenant, il la traitait toujours en égale. Il avait complètement abandonné ses manières de dictateur.

— Les voitures commencent à dégager la place, commenta la jeune femme.

Des nuages épais cachaient la lune et tous les gens allumaient leurs phares. Ils s'en allaient dans un désordre ahurissant et au milieu d'un terrible vacarme. Tout le monde criait et riait. Les moteurs vrombissaient, les klaxons fonctionnaient à tort et à travers, et des enfants couraient en tous sens en hurlant.

Un quart d'heure s'écoula ainsi. Finalement Paul déclara :

— Je crois que je vais pouvoir partir.

Deux voitures le serraient de près, mais celle qui était garée devant la sienne avait démarré. L'espace n'était pas suffisant pour ouvrir la portière de Tina. Au lieu d'entrer dans le véhicule, comme Paul le lui conseillait, par la portière du conducteur, elle préféra aller l'attendre plus loin.

Avec bien des difficultés, elle se fraya un chemin entre ces innombrables automobiles. L'espace manquait et elle devait se glisser le long des carrosseries. Soudain, la portière de la voiture qu'elle longeait claqua violemment et un Grec impatienté demarra en trombe, profitant d'un rare instant où la voie était libre.

Il avait coincé sans s'en apercevoir le manteau de Tina et elle n'eut pas le temps de crier. Déjà le véhicule la traînait. Un enfant spectateur de la scène se mit à appeler au secours. Le manteau de Tina se déchira finalement, et elle fut libérée... juste devant les roues de la voiture de son mari qui venait de se mettre en route ! Dans un crissement de freins et un concert de voix affolées, les gens firent cercle autour d'elle. Les écartant, Paul rejoignit Tina en l'espace de quelques secondes et l'emporta dans ses bras.

— Oh... ma tête ! gémit-elle avant de la laisser choir sur son épaule.

Elle ne reprit conscience que plusieurs heures après, à l'hôpital d'Iraklion. Une infirmière en uniforme se trouvait auprès d'elle. Dès que la mémoire lui revint, Tina fondit curieusement en larmes. L'infirmière sortit aussitôt et un médecin ne tarda pas à apparaître.

— Ne pleurez pas, madame Christos, vous avez beaucoup de chance.

— Ne... ne suis-je pas... blessée ?

— Très légèrement.

Il lui prit le pouls et ajouta :

— Mais vous avez fait une peur bleue à votre mari. Son état est pire que le vôtre, je vous assure.

— Pire que le mien ! Je ne comprends pas ?

Elle fronça les sourcils et essaya de se soulever de l'oreiller.

— Vous allez voir. Je vous l'envoie.

Quand Paul entra, elle eut du mal à le reconnaître. Il semblait vieilli de dix ans, ses traits étaient tirés, son teint gris.

— Grâce au Ciel vous...

Il n'arriva pas à terminer sa phrase.

— Le docteur me garantissait que vous n'aviez rien de grave, mais vous ne repreniez pas conscience et...

Il s'interrompit encore et ferma les yeux quelques instants pour se ressaisir.

— Tina, ma chérie, mon amour, je croyais... vous avoir perdue, je...

La voix lui manqua pour la troisième fois. Tina le relaya, tout doucement, esquissant un timide sourire.

— Est-ce que vous m'aimez ?

Il ne put que hocher la tête et ce geste amena alors un large sourire sur le visage de Tina.

— Vous m'aimiez... et je ne le savais pas... J'aurais dû vous avouer mon amour depuis longtemps... Oh si seulement je vous l'avais dit !

— Comment... vous m'aimez ? lança Paul en secouant la tête avec incrédulité.

Le retour du docteur empêcha Tina de répondre. Paul quitta docilement la chambre, ce qui n'était pas du tout dans ses manières, constata-t-elle très attendrie.

Quelques jours plus tard, il était redevenu lui-même quand il vint la chercher. Il lui avoua alors qu'il était tombé vraiment amoureux d'elle peu après leur mariage. Par orgueil, il avait attendu d'être certain des sentiments de Tina avant de prononcer les mots qu'elle désirait tellement entendre.

— Et moi, pendant ce temps, je me désespérais, expliqua-t-elle. J'étais sûre que vous alliez divorcer pour épouser Dora.

— Divorcer !

L'espace d'une seconde, elle retrouva l'homme redoutable qu'elle avait connu.

— Jamais ! Jamais, Tina ! Je vous garde pour toujours.

— Oui, Paul, murmura-t-elle, délicieusement soumise.

Un peu plus tard, un mot qu'elle prononça par inadvertance éveilla la curiosité de Paul. Elle fut contrainte de lui rapporter sa conversation avec sa mère. Ces révélations provoquèrent sa colère, mais elle parvint à l'apaiser. Mme Christos souhaitait naturellement une Grecque pour belle-fille et pour comble, elle haïssait les Anglais.

— Vous avez raison, admit Paul. Et c'est vrai, j'avais sérieusement songé à épouser Dora...

— Vous lui aviez même fait part de vos intentions... coupa Tina.

Elle regretta immédiatement ses paroles, mais il était trop tard. Les sourcils froncés, Paul la questionna :

— Nous en avons en effet parlé. Comment le savez-vous ?

— J'ai... j'ai eu une discussion avec Dora.

Une fois de plus, elle dut calmer son mari qui s'emporta en découvrant la vérité.

— Comme vous avez souffert ! s'exclama-t-il. Et vous ne vous êtes pas confiée à moi, pourquoi ?

— Je jugeais la partie perdue et j'avais... tellement peur de vous.

— Je ne vous ferai plus jamais peur, ma chérie, promit-il solennellement

A présent, elle lui accordait une confiance totale. Une

154

bûche flambait dans la cheminée du salon de la villa. Encore trois semaines et ce serait Noël.

— Je suis si heureuse que nous ayons enfin découvert notre amour l'un pour l'autre, murmura Tina en se blottissant encore plus confortablement dans les bras de son mari. Cet accident nous a rapprochés.

Paul frissonna contre elle à ces mots.

— Si je vous avais perdue, Tina, ma vie n'aurait plus eu aucun sens.

Elle le croyait et pria pour ne jamais être séparée de lui durant de longues, de très longues années. Elle sut que sa prière était entendue.

Le soir tombait, les ombres s'allongeaient dans le jardin. La mer miroitait sous la voûte céleste. Quelle paix ! Le cœur débordant de bonheur, Tina leva la tête vers son mari, effleurant ses lèvres des siennes, sollicitant le baiser qu'il rêvait de lui donner.

Les Prénoms Harlequin

TINA

Sensible et spontanée, celle qui porte ce prénom séduit d'emblée par sa vivacité, son humour pétillant et son charme tout printanier... Espiègle, elle joue avec la vie, mais jamais avec ses principes ni les sentiments des autres ! Il est difficile de s'ennuyer en sa présence, et plus encore de s'en passer...

Voilà pourquoi Paul décide de faire de Tina la compagne de sa vie, coûte que coûte...

Les Prénoms Harlequin

PAUL

fête : 29 juin   couleur : rouge

Bâtisseur patient et acharné à l'instar du castor, son animal totem, celui qui porte ce prénom se distingue avant tout par une détermination farouche à réussir les tâches entreprises, et les moyens qu'il déploie à cet effet vont de la ruse à l'autoritarisme le plus absolu. Et, si la force ne suffit pas à vaincre les obstacles, son obstination en vient à bout avec une rapidité remarquable.

Ce n'est donc pas la réticence de Tina qui empêchera Paul Christos d'unir leurs deux existences, pour le meilleur et pour le pire...

Bientôt...
la Fête des Mères

Pensez-y...la Fête des Mères, c'est la fête de toutes les femmes, celle de vos amies, la vôtre aussi!

Avez-vous songé qu'un roman **Harlequin** est le cadeau idéal – faites plaisir...Offrez du rêve, de l'aventure, de l'amour, offrez **Harlequin**!

Hâtez-vous!
Dès aujourd'hui, vous trouverez chez votre dépositaire nos nouvelles parutions du mois dans **Collection Harlequin, Harlequin Romantique, Collection Colombine** et **Harlequin Séduction**.

FMD

Éternelle jeunesse du roman d'amour!

On a l'âge de son esprit, dit-on. Avez-vous jamais songé à vérifier ce dicton?

Des romancières célèbres telles que Violet Winspear, Anne Weale, Essie Summers, Elizabeth Hunter... s'inspirant du vrai roman d'amour traditionnel, mettent en scène pour votre plus grand plaisir héros et héroïnes attachants, dans des cadres romantiques qui vous transporteront dans un monde nouveau, hors de la grisaille du quotidien. En partageant leurs aventures passionnantes, vous oublierez soucis et chagrins, vous revivrez les émotions, les joies...la splendeur...de l'amour vrai.

Six romans par mois...chez vous...sans frais supplémentaires...et les quatre premiers sont gratuits!

Vous pouvez maintenant recevoir, sans sortir de chez vous, les six nouveaux titres HARLEQUIN ROMANTIQUE que nous publions chaque mois.

Et n'oubliez pas que les 6 vous sont proposés au bas prix de $1.75 chacun, sans aucun frais de port ou de manutention. Pour vous assurer de ne pas manquer un seul de vos romans préférés, remplissez et postez dès aujourd'hui le coupon-réponse suivant :